PAULO RAVIERE

TODOS SE LAVAM NO SANGUE DO SOL

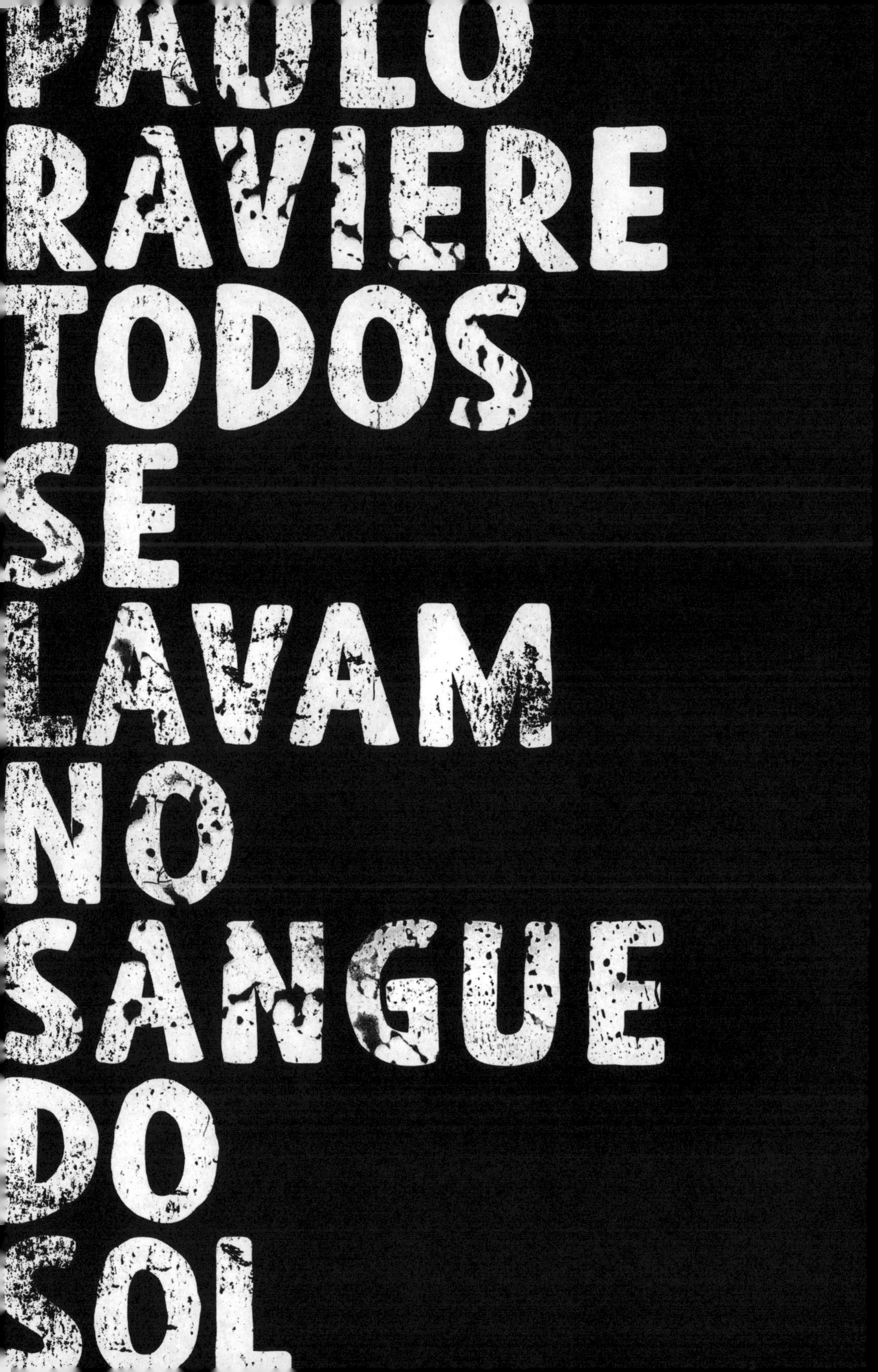
PAULO
RAVIERE
TODOS
SE
LAVAM
NO
SANGUE
DO
SOL

TODOS SE LAVAM NO SANGUE DO SOL

Diretor Editorial
Christiano Menezes

Diretor Comercial
Chico de Assis

Diretor de MKT e Operações
Mike Ribera

Diretora de Estratégia Editorial
Raquel Moritz

Gerente de Marca
Arthur Moraes

Gerente Editorial
Bruno Dorigatti

Editores
Cesar Bravo
Lielson Zeni

Capa e Projeto Gráfico
Retina 78

Coordenador de Arte
Eldon Oliveira

Coordenador de Diagramação
Sergio Chaves

Designer Assistente
Jefferson Cortinove

Finalização
Sandro Tagliamento

Revisão
Vanessa C. Rodrigues
Retina Conteúdo

Impressão e Acabamento
Leograf

DADOS INTERNACIONAIS DE CATALOGAÇÃO NA PUBLICAÇÃO (CIP)
Jéssica de Oliveira Molinari — CRB-8/9852

Raviere, Paulo
Todos se lavam no sangue do sol / Paulo Raviere ; ilustrações de Alcimar Frazão. — Rio de Janeiro : DarkSide Books, 2022.
224 p. : il.

ISBN: 978-65-5598-237-4

1. Ficção brasileira 2. Crime I. Título

22-3244 CDD B869.3

Índices para catálogo sistemático:
1. Ficção brasileira

[2022]

DarkSide® *Entretenimento LTDA.*
Rua General Roca, 935/504 — Tijuca
20521-071 — Rio de Janeiro — RJ — Brasil
www.darksidebooks.com

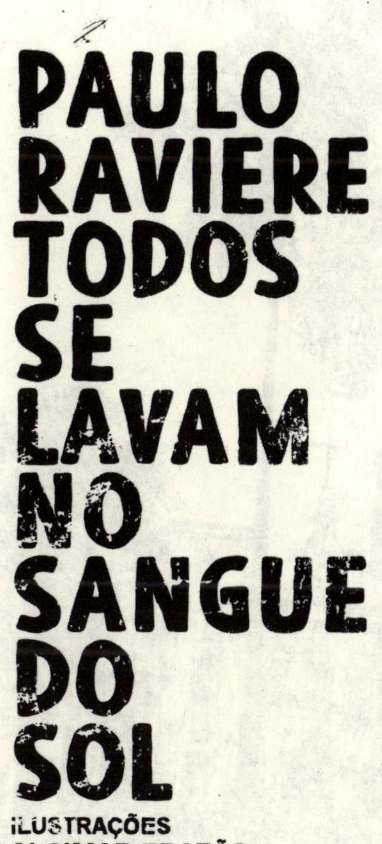

PAULO RAVIERE

TODOS SE LAVAM NO SANGUE DO SOL

ILUSTRAÇÕES
ALCIMAR FRAZÃO

DARKSIDE

I've still got the scars that the sun didn't heal.
[Ainda tenho as cicatrizes que o sol não curou.]
Not Dark Yet, Bob Dylan

Dir-se-ia que todos aqueles passantes, estoicos sob
a avalanche incandescente de um sol escaldante,
mantinham, em sua vagabundagem incansável,
uma benévola cumplicidade com o inimigo
invisível que minava os alicerces e as estruturas
de uma capital outrora resplandecente.
As Cores da Infâmia, Albert Cossery

Para Igor de Albuquerque

DEDOS LEVES

adidas

Acendo as luzes para a nossa festa, senhores
Eu sou o mistério do sol!
Nuit, Raul Seixas e Kika Seixas

Afinal de contas, o sol é o mesmo. O Centro de Salvador ainda tem essa distinção, o mar, a montanha, o céu límpido; o elevador que divide as duas cidades. Mas de manhãzinha parece a mesma coisa. O sol é que logo tornaria tudo visível, como um pintor que começa a colorir um rascunho em tela, já sabendo de outros esboços qual a imagem que se forma aos poucos.

— Imagine que eu te deva cinquenta pilas — disse o velho Jair.

Começavam a aparecer os contornos do Palace Hotel, cujo antigo cassino atraía de celebridades — gente como Moreira da Silva e Orson Welles —, a personagens de Jorge Amado. O Poeta ainda esperava sem se mover, mirando o Olimpo, como se clamasse para sempre: "varrei os mares, tufão". Por perto, um antigo cinema, antes acostumado a passar filmes como *Gilda, Cabíria* e *Sierra Madre*, depois condenado à pornografia barata; por fim, às missas evangélicas. O engenho da Fortuna ainda girava, conduzindo como uma meretriz os bons e os maus a um mesmo destino cruel.

— Mas agora é pra imaginar que eu te deva cinquenta pilas! — insistiu Jair. — É difícil assim pra você?

O papelão protegia o mendigo e seu vira-lata do frio e da vista dos últimos homens que atravessavam a noite procurando cobaias por onde saciar suas maldades latentes. As ratazanas começavam a se esconder quando percebiam o movimento dos ônibus acordando os moradores dessas ruas com os guinchos estridentes de cada freio repentino; verdadeiros galos de óleo e ferro. Enquanto uns acordavam para trabalhar, era a hora do descanso para as garotas da avenida Carlos Gomes. Em alguns minutos haveria tantos obstáculos entre o sol e as calçadas, que nem pareceria o mesmo lugar.

— Velho? Tenho setenta e cinco anos e meus cabelos ainda estão pretos!

— Setenta e cinco? — exclamou Alemão.

O bar do Alemão ficava na rua Chile. O proprietário, que na verdade era carioca, possuía os pelos da barba louros como trigais, mas nada na cabeça. Como era muito cedo, ele ainda usava sua camisa de algodão florida, verde e laranja, tapando uma tatuagem cujo conhecimento se devia a uma ponta inidentificável que saía pelo pescoço, onde a vestimenta não dava conta de cobrir.

— Setenta e cinco. E nem preciso de muletas.

Mas não se pode esquecer que uma fria manhã soteropolitana bate em muitos meios-dias de outros lugares. O sol é o mesmo, mas com essa cidade ele tem mais afinidade. Quando desse umas oito e meia, o Alemão despiria sua camisa e não a vestiria até o próximo dia. Isso não interferia em seu trabalho, era seu próprio patrão.

Jair de Oliveira observava os azulejos amarelados como os dentes de um velho fumante (que também já foram brancos um dia), engordurados e encobertos por pôsteres de cerveja com jovens modelos seminuas. Um moralista acharia aquilo uma ofensa, porém essa gente jamais entraria em um bar como aquele. Jair, por sua vez, todos os dias espionava a mesma foto com a ansiedade de um adolescente.

— Vou enterrar todos vocês — apontou de dedo em riste. — Você tem quantos anos, ô Alemão?

— Trinta e dois.

— Trinta e dois, e trabalha na sombra o dia inteiro. Vai morrer com uns sessenta anos. — Soltava bastante saliva enquanto falava. — Não é pouco, mas eu vou morrer com mais de cem.

Sessenta, para o Alemão, estava bom. Havia juntado dinheiro, e até então tinha gostado dos trinta e dois que gastara. Mais vinte e oito seriam de bom tamanho. De qualquer forma, ele realmente admirava a vitalidade do velho. O calor abafado não era empecilho, Jair passava o dia inteiro caminhando e puxando conversa com transeuntes desinteressados. Alguns clientes iam lá somente para irritar o coitado: questionar suas histórias, alardear verdades contrárias. Alemão permitia, mas no fundo se incomodava. Negócios; também não podia expulsá-los de seu bar. Não era mais uma boa época para homens de paletó.

Silas fazia contraste com Jair. Não falava quase nada, de modo que parecia que os sons de outras conversas não passavam por seu chapéu de caça verde-escuro, semelhante ao de Chaves. Era mais gordo, pois caminhava muito pouco. E para o desgosto profundo de Jair, Silas usava camisas com figuras estampadas, apesar de ser apenas alguns anos mais jovem.

Quando Maguila entrou no recinto, os dois estavam conversando. Maguila vestia um blusão azul e cinza, enorme como uma lona de caminhão, shorts jeans baratos e tênis caros, também azuis, limpos como o céu daquela manhã.

— Voltando ao assunto, imagine que eu te deva cinquenta pilas. — Jair falava alto e segurava a cabeça de Silas.

— Mas você me deve mais que...

— Vou falar de uma vez, senão a gente não sai do lugar — interrompeu Jair. — Imagine que eu te deva cinquenta reais e não te paguei ainda porque Alemão também me deve cinquentinha e também não me pagou. — Segurou o chapéu de Silas, levantou a parte que tapava os ouvidos e falou de perto. — Tá me entendendo, ô cabecinha?

— Tou. — Silas livrou sua cabeça e levantou a sobrancelha.

Claramente incomodado, Silas olhou para Alemão. Estava trabalhando.

— Prossiga — afirmou Silas, concedendo sua paciência ao velho.

— Você vem me cobrar, porque deve a Quincas, que está te cobrando, porque deve a Alemão.

— Quem diabo é Quincas? — perguntou Silas, mas foi ignorado por Jair.

Alemão prestava atenção na conversa, enquanto anotava o pedido de Maguila: um café preto, um suco de laranja de 500 ml e dois mistos.

— Então imagine que eu ganhe exatamente cinquenta reais no bicho. Eu não posso gastar, porque o dever me diz que eu tenho que te pagar, mesmo precisando do dinheiro.

— Na verdade, você me deve mais.

— Ô, nego burro, meu Deus! — disse, olhando pra cima, penitentemente. — Imagine, imagine! Você não sabe o que significa "imaginar"?

Maguila olhou para o relógio e depois para a rua. Em seguida voltou a prestar atenção ao discurso de Jair.

— Eu sei, eu sei. Tou falando só pra você não esquecer — disparou Silas. — Tou ligado na sua esperteza.

— Oxe, eu vou te pagar! Mas... Deixa eu continuar. Eu dizia... Do que é que eu tava falando mesmo?

— Que você ganhou cinquentinha no bicho, apesar de me dever bem mais.

Nesse momento, um sujeito magro como uma vara de bambu parou perto da porta com as costas viradas para o interior do bar. Olhou para baixo, entrou alguns centímetros e ficou em pé, de costas para os palestrantes, observando o movimento na rua.

— Sim, sim. Então eu te pago, e você, também com o senso do dever, paga a Quincas, que paga ao Alemão, que me devolve o mesmo dinheiro. De certa forma, o dinheiro não saiu de minha mão, só que agora eu posso gastar.

Silas não compartilhou a expressão triunfal de Jair, e este tentou sair de sua situação embaraçosa.

— Você entendeu? Se eu tivesse gastado o dinheiro, todos iam continuar devendo, e você ainda ia ficar com raiva de me ver lá com a bufunfa, sem te pagar, sendo que no final das contas...

— Mas você ainda não me pagou.

— Ah, você não entendeu merda de nada! Aí, Alemão, eu aqui dando a maior aula de economia e o rapazinho não consegue entender porra nenhuma. — Alemão deu uma risada discreta, mas não disse palavra. Todos os dias testemunhava uma nova contenda sem futuro entre Jair e Silas.

O magricela era narigudo, com uma barba desigual, usava uma jaqueta jeans aberta com uma camisa vermelho-sangue por baixo. Seus cabelos encaracolados escapavam do boné escarlate que escondia parte dos olhos apertados. Ele se sentou diretamente ao lado de Maguila, e nenhum dos dois disse nada, como um par de rabugentos que se conheciam o bastante para evitar as falsas intenções dos cumprimentos agradáveis, ou a estridência das ofensas simpáticas que os camaradas geralmente trocam em ambientes como aquele. Ambos estavam com as mãos em cima da mesa. O varapau também pediu um café preto. Em seguida enfiou a mão em sua jaqueta, e tirou um belo cantil de alumínio, com um desenho de um mandacaru gravado em sua decoração de couro.

— É você? — Despejou uma dose na bebida de Maguila.

— Ei, que porra é essa? — disse o gordo, esvaindo toda e qualquer associação possível, ao empurrar, desgostoso, a xícara para o lado. O café agitado refletia o rosto surpreso de seu primeiro dono; sua tonalidade por vezes amarronzada, seus sabores e odores, como numa velha aquarela em sépia, evocavam um mundo antiquado, em que os homens se vestiam com seriedade, fumando em ambientes fechados, andando de bonde.

— Cê que é o tal do Maguila?

O magro era fanho, e Maguila os detestava, apesar de tentar disfarçar. O estranho olhou em volta, para confirmar se não tinha se enganado, mas não havia mais ninguém. Não poderia ser um daqueles dois velhotes. A descrição batia com o homem cujo café ele temperou com cana. — Tá no ponto, bróder. Não vai querer não?

Maguila odiava mais ainda que bolinassem em suas refeições, mas ele sabia que não podia chamar a atenção para si.

— Tá maluco? — exclamou em voz baixa. — Pegue esta merda pra você, vá.

Alemão trouxe o café do magricela, que Maguila fez questão de tomar para si.

— Quem é você? — perguntou, enquanto sorvia seu café rapidamente, temendo que o sujeito também fosse envenená-lo com pinga barata.

— Eu sou quem você tá esperando, velho — disse, com um sorriso malandro, enquanto servia a aguardente, agora pura, na xícara vazia. — Ah. Sem café é bem melhor. Tem certeza que não vai querer? Na Irlanda o povo bebe assim, pra molhar as palavras. Quase. — Deu mais um golinho. — Dá coragem.

Maguila não conteve sua raiva.

— Carai de Irlanda! Me diz logo o seu nome, fela da puta! — O velho Jair parou de falar e se virou para os dois, que não reagiram a ele. Baixaram a cabeça, desviando seus rostos da mira dos olhos curiosos.

— De que serve? — respondeu o magricela, enquanto esticava discretamente duas luvas finas de médico.

— Eu quero saber. Só trampo com quem eu sei o nome.

— Moacir, *man*. Tá bom pra você? — afirmou, enquanto calçava a luva esquerda, olhando para a rua.

— Doeu falar o seu nome? — Ele pôs a xícara na mesa e fez um gesto irônico, abrindo e fechando rapidamente os dedos estirados da mão direita. — E que frescura é essa aí?

Moacir pôs a outra luva. Maguila terminou seu café e deixou a xícara de lado.

— É importante — respondeu Moacir, baixando o tom da voz. — Impressões digitais.

— Fala sério. Isso só vai chamar atenção.

— Eu tenho dedos leves. Toco guitarra. Toco com as duas mãos, sabia? — E tocou uma guitarra imaginária, com uma precisão que Maguila não poderia perceber nem se houvesse de fato um instrumento musical para completar aqueles dedos. — Agora vamos? — Moacir escondeu as mãos na jaqueta ao ver que Alemão se aproximava. O suco de laranja foi servido, e o dono do bar aproveitou para pegar as xícaras.

— Calma lá. Ainda falta meus mistos — exclamou Maguila. Moacir arregalou os olhos.

— Ah, os mistos vão demorar um pouco, a chapa ainda tá fria — acrescentou Alemão, sem reconhecer a importância da informação. — Vai querer assim mesmo?

— Mas é claro que...

— Precisa não! Pode trazer a conta, por favor — disse Moacir.

Maguila apertou seu braço com força o bastante para lhe causar desconforto, e resmungou com os dentes fechados:

— O que foi que tu fez? Eu não falei nada quando você quis tomar sua porcaria aí pra criar coragem. Eu preciso de comer, carai.

Moacir livrou seu braço bruscamente, como um marido que escapa dos ataques de ciúmes de sua esposa. Respondeu também com os dentes trancados.

— Você quer mesmo esperar a rua encher de gente pra ir lá? Tem coisa mais importante em jogo aqui, seu moleque!

Maguila grunhiu, concordando contra sua vontade. Alemão chegou com a conta, e Moacir, sem tirar as mãos do bolso, obrigou Maguila a pagar. Ele continuou a grunhir, mas obedeceu sem dizer nada.

— Agora vamos?

Maguila não era amigo de ler os papeis apodrecidos nas ruas, senão teria percebido o nome de seu bom companheiro escrito no milhão de panfletos espalhados pelo chão, Moacir Calçados, Moacir Calçados, Moacir Calçados, em letras grandes e chamativas, e até mesmo na propaganda de uma loja que ficava quase de frente para o bar.

Embora o ponto de encontro não tivesse sido escolhido por nenhum deles, não era mera coincidência que justamente a duas lojas de distância do bar do Alemão estivesse instalada a joalheria Costa & Filho, na mesma calçada. Ali não era estranho que dois homens ficassem parados, sem nada melhor para fazer. O gordo e o magro avançaram devagar, por essa mesma calçada, e pararam perto de um poste, observando o movimento com atenção.

— E então, como vai ser, hein? — perguntou Maguila.

— Tem que ser rápido. O dono é o primeiro a chegar. Todo dia ele entra rapidinho na joalheria e tranca a porta de novo; uma merda dessas, tá ligado? O sacana morre de medo de assalto. — Enquanto Moacir falava, Maguila cutucava o nariz, arrancando nacos de meleca ressecada, e limpava o indicador no poste. — Antes ele nunca vinha sozinho, e sempre deixava alguém na porta esperando. Sempre alguém da família. Mas ninguém quer acordar cedo todo dia por causa da paranoia de um velho esclerosado, né?

Maguila recuperava seu bom humor: soltou uma gargalhada sonora.

— Psss. Tá maluco, desgraça? — Moacir lhe deu um leve cutucão no braço, o que ele já ansiava por fazer desde antes, no bar. Maguila se encolheu, em silêncio.

— Se o sacaninha tivesse entrando, já ia suspeitar. — Moacir explicou com mais calma. — Escuta, hoje em dia o velho tá mais relaxado, depois que instalou umas câmeras e uns alarmes, e agora vem pra cá sozinho, mas ele não é besta não. Temos que entrar na hora que ele estiver abrindo, e daí vamos ter mais ou menos vinte minutos até o horário do primeiro funcionário. Esse Zé Ruela chega atrasado todo dia, mas é melhor não dar chance ao azar. O velho não confia muito em bancos, e guarda boa parte da grana que ganha no mês em um cofre lá dentro. Eu ainda não sei onde é nem quanto tem, mas está lá.

Moacir colocou o pé direito na parede e se recostou nela. Maguila coçou a cabeça com o dedo que limpava o nariz minutos antes.

— Me diga uma coisa: como é que cê sabe dessa porra toda?

— Estudo de caso, meu amigo. Estudo de caso. — Deu dois tapinhas amigáveis nas costas do brutamontes. — Agora se liga. Tu vai fazer o velho pegar o dinheiro do cofre, e depois catar as joias, enquanto eu fico na porta de vigia. Pega o que conseguir. E o mais importante: não esquece de pegar um cronômetro antigo.

— Cronômetro?

— Um relógio redondo e velho. O dono vai saber qual é. E se eu bater na porta, tu corre com o que tiver na mão e vem atrás de mim, que é porque deu merda. Entendeu?

O homem de paletó já se aproximava subindo a rua, olhando para os lados com suspeita.

— Entender, entendi. Mas por que é que a gente não inverte? Eu fico na porta e cê dá o rapa? É que eu não manjo nada de joia, relógio, essas paradas. E depois eu posso ir dirigindo.

Maguila era caminhoneiro. Havia entrado na empreitada criminosa após um de seus clientes (que era como ele considerava seus patrões) aceitá-lo como homem de confiança em alguns trabalhos ilícitos. Embora um tanto parvo e juvenil, Maguila era confiável. Depois de muito transportar bens (bebidas, cigarros, alimentos, madeira e eletrodomésticos) para vários empresários, sem dificuldades além das óbvias e sempre ocasionais que ocorrem nas viagens de veículos pesados, os patrões o incumbiram de completar seu caminhão com cargas contrabandeadas. Assim recebeu uma pistola Walther, que a partir de então levava sempre enganchada na cintura, orgulhosamente. Embora não perdesse a chance de exibi-la, para seu desgosto, jamais surgira oportunidade de efetivamente utilizá-la, e os tiros que ele tinha dado foram apenas em exercícios de pontaria, que não se mostrou das melhores. Homem de raras necessidades, Maguila pouco perguntava, contanto que não o importunassem e que tivesse direito a fazer suas dignas refeições. Aquele trabalho não era nada complexo, mas envolvia certa imprevisibilidade, que já começava por ele nunca ter visto Moacir até aquela manhã.

— Eu dirijo. Fui contratado pra isso. Tu é força, carga pesada. — Maguila arqueou o cenho. Moacir lhe deu outro tapa carinhoso, que foi repudiado. — Meu negócio é correr, bróder. Tudo aí vale muito. Eu vou repetir. Primeiro tu pega o dinheiro. Tá entendendo? — Ainda de cara fechada, Maguila acenou com a cabeça para cima e para baixo. — Depois as joias e o cronômetro. Se ligou? Toma aqui, ó. — E lhe entregou três grandes sacos de pano que estavam enrolados, ocultos por sua jaqueta. — Esses sacos devem dar. — Nesse momento, o homem de paletó subiu a calçada e se agachou para abrir a joalheria. — Bora!

Maguila seguiu Moacir e atravessaram a metade da rua, pelo asfalto, como se afastando do destino, de modo que o joalheiro não os percebeu segurando máscaras de filmes de terror enquanto olhavam para as suas costas. Moacir portava uma famosa máscara esticada de caveira, enquanto Maguila usava uma máscara de jogador de hockey. Era lento o trabalho de destrancar as portas da loja. Havia um portão de ferro com uma tranca no chão e um cadeado segurando-a por cima, seguida de uma porta de vidro. Três chaves em dois molhos, a da porta de vidro era isolada num chaveiro diferente, para a necessidade de trancá-la no meio do dia, sem exatamente precisar fechar a loja. Além de todas as outras precauções, o joalheiro evitava que seus funcionários tivessem acesso às chaves do portão, mas nunca tinha imaginado que alguém tivesse a ousadia de rendê-lo daquela maneira, na cara da rua, com o sol brilhando forte acima deles.

Os bandidos recuaram quando ele ativou o alarme ensurdecedor. Ambos esconderam as máscaras em suas jaquetas, sem tirá-las das mãos. Cabeças escaparam dos estabelecimentos vizinhos, mais por irritação que por curiosidade — não era a primeira vez que acontecia aquilo. O alarme falso não durou mais do que três segundos. Quando o velho destrancou a porta de vidro, Maguila já estava roçando a pistola automática em sua nuca descabelada. Ele não usava as luvas, mas já estava mascarado de novo.

— Bora logo!

Entraram na joalheria, e Moacir desceu o portão de ferro, sem trancar. Depois tirou a máscara e ficou esperando do lado de fora a alguma distância, para não levantar suspeitas.

Não demorou muito, voltou a levantar o portão, depois de ouvir uma sequência de pipocos e o alarme estridente que, como na parábola de Pedro e o Lobo, foi desacreditado pelas pessoas das lojas ao redor. Após alguns segundos, enquanto ainda pensava em entrar e resolver aquela confusão, quase foi atropelado por Maguila, que debandava para fora da joalheria como um caminhão descontrolado numa ladeira. Foi o tempo de recolocar a máscara e correr atrás dele.

A calçada era uma colmeia irregular de pedrinhas brancas e cor de grafite que formavam flores construídas sem esmero, muitas vezes decapitadas, ou destruídas pelo excesso de passos e pelos rejuntes de cimento, e que em algum ponto adiante haveria de tentar imitar o calçadão de Copacabana.

— Cadê a merda do carro? — gritou Maguila, arquejante, enquanto passavam correndo em frente ao bar do Alemão com os dois sacos cheios nas mãos.

Havia vagas para estacionar mais perto da joalheria, pensou Maguila. Sua nova reclamação nunca ganhou voz, porque o pensamento foi interrompido por tiros vindo sabe-se lá de onde.

Numa pesquisa cientifica realizada com tenistas, as cobaias deveriam, após uma hora de partida, vendados e com a mão descansada, tocar a ponta dos dedos da outra mão. Eles tendem esticar o braço e procurar a ponta de uma raquete que nem está mais lá. Deduz-se disso que, para o cérebro, os instrumentos manipulados se transformam em extensões do próprio corpo. Do mesmo modo, a antiga companheira de Moacir (uma Browning calibre .38 com acabamento em madeira, ilustrada com um chapéu de cangaceiro, formando um conjunto precioso com seu cantil de alumínio cheio de cachaça e um punhal que ele não carregava consigo nesse momento, gravado, por sua vez, com uma caveira de boi) era uma extensão de seus dois braços; a cada tiro que ele soltava, sentia como se seus próprios dedos atacassem seus inimigos, com golpes invisíveis mesmo aos olhos sagazes do mais rápido dos artistas marciais orientais que, por ágil que fosse num *mano a mano*, nada seria no velho oeste.

Maguila escorregou numa instalação pós-moderna: um trabalho grandioso, provocante, e bem construído, que nada devia, diriam alguns críticos, ao neoclássico em mármore ou em pedra-sabão; um *ready-made* orgânico que se expandia aos sentidos, para além do tato e da visão, a evolução natural do famoso Manzoni; certamente a obra-prima de um super-homem.

Maguila não pisou com toda a sola de seu tênis novo, mas escorregou grotescamente no grande monte de merda, desabando com duas ou três voltas em torno de seu corpanzil, sem soltar as mãos firmes das sacolas. Caído, viu Moacir passar correndo por ele. Levantou-se com o máximo de velocidade e continuou a correr como um pangaré capenga, raspando o pé no chão, prestes a morrer de enfarte — *une sortie formidable*. Não saberia dizer se sua pressão baixou pela emoção do assalto, por correr de boca aberta a tanta velocidade, ou se apenas pela falta do café da manhã. O fato é que estava para trás, vendo estrelinhas, sob o risco de ser alvejado nas costas e levar tudo a perder.

Moacir mantinha a mão esquerda na jaqueta, e a direita atirando para trás, sem mirar, apenas para afastar o covarde que lhe atacava pelas costas. Mas a tática só adiantava para ativar os alarmes dos carros estacionados e chamar ainda mais a atenção. Então levou uma bala de raspão no ombro. A dor era discreta, apesar do sangue jorrar. Seu corpo não emitiu qualquer ruído, e ele continuou atirando para trás, mesmo quando o inimigo evidentemente já não estava mais lá. Sequer notou que não havia mais ninguém na rua enquanto descarregava sua arma gratuitamente.

Atravessavam a rua do Tesouro e a rua Ruy Barbosa. Eis que surgiu o mar, glorioso, resplandecente, e a estátua de Castro Alves dirigiu-se a cada um deles: "Por que foges do pávido poeta?". Sua alegria, porém, estava concentrada à imagem muito mais banal de um carro velho. Eles viraram à esquerda e Maguila imitou Moacir, que arrancava a máscara de caveira, e tirou também a sua de jogador de hockey.

Ao lado do moderno Cine Glauber, Moacir tirou a chave da jaqueta, antes mesmo de chegar no Gol Prata que descansava no sol como se esperasse por eles. Havia marcas de gotas d'água e poeira em algumas partes, indicando que o golzinho tinha participado de uma corrida na chuva. Mas na verdade o coitado parecia querer chorar pelos faróis: o capô estava amassado, a lataria arranhada, o para-brisa trincado.

O motor era 1.0.

Era um trabalho muito amador, aquele.

Um motorista de pouca data teria trabalho para conseguir engatar a ré na marcha dura e seca daquele fóssil com quatro rodas, porém Moacir o fez com a mesma naturalidade com que dois minutos antes puxava o gatilho de sua arma. Seus dedos eram leves, mas as mãos eram firmes. Com a esquerda ele começou a guiar o volante, olhando pelo retrovisor, e com a direita abriu a porta para o passageiro e seus três pesados fardos.

Um flanelinha, usando trapos malcheirosos, agitava as costas das mãos para eles, alegando que tinha vigiado o automóvel. Fingiu ajudá-los a manobrar e escorou na janela do carro para receber umas duas moedinhas como pagamento. Moacir lhe apontou a arma, e o flanelinha ainda hesitou, antes de desistir e procurar por outro cliente.

— Que merda é essa? — perguntou Maguila, puxando ar pela boca.

Moacir não respondeu imediatamente, porque precisava correr.

A marcha era dura, mas o volante era ágil. Enfiou o carro na direção da avenida Carlos Gomes sem esperar pelo sinal da Avenida Sete. Uma Kombi bege passou bovinamente, longe o bastante para que Moacir pudesse desviar o Gol sem contratempos. Então seguiu em disparada pela avenida do compositor de *O Guarani*, como se houvesse outros carros em seu encalço.

Dali, em alguns minutos, os dedicados atendentes das grandes lojas poderiam ver a poucos metros seus companheiros de ofício, os vendedores ambulantes, que ligariam seus microfones em volume máximo e lançariam sobre a cidade sua altissonante colcha de retalhos. Esse espesso tecido cobriria todos os prédios em sua volta e estupraria todos os ouvidos ao redor, numa viagem sinestésica em que, de tão estridente, o onipresente barulho se mesclaria a cores berrantes, odores acres, sabores apimentados.

A calçada do Largo Dois de Julho era formada por blocos retangulares vermelhos como romãs, que se misturavam com o meio da rua, o que dava a impressão de serem destinados unicamente aos pedestres. Mas os carros também passam por lá, e no momento em que Moacir começava a se dirigir à esquerda, pela rua Pedro Autran, se viu obrigado a desviar de um Golf preto que saiu do largo como uma bala, sem se preocupar com um possível acidente. Somente a partir de então Moacir passou a pensar na pergunta de Maguila.

— Qual das merdas?

Não eram poucas. Havia seu ombro ferido, os tiros, o alarme acionado, aquele fedor de *merda de verdade*. Havia a lerdeza do assaltante balofo, cujos dedos encharcados de sangue já estavam escuros como xarope de groselha. Moacir sequer sabia se era sangue do bandido ou da vítima.

Já Maguila estava distante de sua própria pergunta, tinha preocupações mais imediatas. Toda vez que entrava num veículo diferente, levava um tempo para se acostumar a ele. As poltronas estavam impregnadas com cheiro forte de suor, como se tivesse transportado uma equipe de atletas. O odor se mesclava a um aromatizante de morango e à fumaça recente de maconha, que ele não fumava, mas cujo cheiro conhecia bem. *Putaria*, pensou. Restava saber se Moacir gostava de garotas. Certamente aquele carro era frequentado por mulheres ou crianças, pois havia duas grandes joaninhas de pelúcia enlaçadas no retrovisor central, de cor laranja. Mas o comportamento do fanho deixava no ar certa ambiguidade. O rapaz era meio delicado, apesar de atirar melhor que ele.

Os prédios que formavam o que um dia foi a capital do desgraçado país eram invadidos por lojinhas de bijuteria, protegidas por portões de ferro pré-fabricados, e pintadas somente na fachada. Dentro, galerias infinitas como a Biblioteca de Babel, com todos os tipos de fivelas, pingentes, vidrinhos, caixinhas, enfeites de flores, santos, pássaros, borboletas, feitos de ferro, cobre, plástico, latão. Algumas cópias eram perfeitas até no peso.

Maguila voltava a pensar no carro. Talvez as joaninhas não tivessem sido colocadas por alguém que Moacir conhecesse, caso fosse um veículo roubado, por exemplo. Mas aquilo não dizia nada. Ele tentava se acomodar. Olhava tudo. Nos assentos dianteiros, havia uma proteção de bolinhas de madeira envernizada, que incomodava mais que ajudava; mas ele não tentou tirá-la, pois percebeu o estofo rasgado do banco. Não gostava de falar do carro dos outros. Ainda assim, não deixava de pensar em como aquele carrinho era fudido. De alguma maneira, esperava um Opala, ou ao menos um Monza envenenado, para ser mais realista. Algum carro mais comprido.

— Qual das merdas, carai? — repetiu o fanho.

Maguila respondeu como se estivesse prestando atenção.

— Por que você deixou *esta* merda tão longe? Puta que pariu! Eu não tomei café da manhã, porra. Acha que eu consigo correr que nem você?

— A rua tava muito vazia — respondeu Moacir. — O joalheiro ia suspeitar. Os lugares bons já tinham carros estacionados.

Maguila não disse mais nada, pois logo ele, o motorista profissional, se assustou com outra freada brusca (alguém pulou na frente do carro para atravessar a rua). Esperaram para entrar na Avenida Sete, que já começava a apinhar de gente. Moacir olhou para as mãos vermelhas de Maguila.

— E *essa* merda aí, qual foi?

Maguila o ignorou. Eles viraram à direita na Praça da Piedade, essa píxide perpétua de sangue. Os pombos sobrevoavam suas quatro estátuas como moscas diante duma praia de açúcar, e em seguida fugiam para os frontões das grandes construções em volta, ao ouvir Vicente Celestino numa caixa de som.

Stéphanie, 17, adolescente da cor de oliva, morena de praia, caminhava com firmeza na calçada da Igreja de São Pedro, como uma forasteira que acabou de voltar de um lugar jamais visitado. Usava havaianas brancas, uma blusa *pink* sem mangas e um short bastante curto. Carregava uma mochila pesada. Suas nádegas firmes, em movimento, ditavam um discurso erudito. A cada passo, uma nova palavra. Numa frase, evocava a história do mundo. Afrodite, Messalina, Madalena, Lady Macbeth, Joana Angélica, a *passante* de Baudelaire, a Garota de Ipanema, todas numa única sentença!

Maguila não perdeu a oportunidade de evocar o poeta francês:

— Mesmo caminhando a gente acha que tá requebrando!

Moacir se esforçou para não deixar transparecer nenhuma reação ao comentário. Em vez disso, para abafar a prosa do gordo e as operísticas entonações de "O Ébrio", o tipo de música que ele não gostava, pôs um pendrive com o "Back in Black", do AC/DC, bem alto.

Stéphanie seguiu o seu caminho, sem perceber os olhares famintos do bandido. O sinal ainda estava fechado e ela atravessou, caminhando pela Praça, na companhia dos iguanas, mirando uma arquitetura mais interessante que aquela à suas costas. Lá estavam a Igreja da Piedade, o Gabinete Português de Leitura, o Instituto Geográfico-Histórico. Agora ela já estava parada, no semáforo que dá na Igreja, observada pelos pombos que descansavam nos telhados como gárgulas viventes. Ela esperou o sinal fechar para entrar na descida da rua Junqueira Aires, que à noite dá passagem para meliantes bem mais cruéis que Moacir e Maguila.

Os dois shoppings concorrentes, o Lapa e o Piedade, são praticamente colados, com exatamente as mesmas lojas. Geralmente eles abrem na mesma hora, engarrafando a rua e suas calçadas, e obrigando os pedestres a gastarem suas sandálias de borracha no asfalto fumegante. Stéphanie subiu a ladeira até a rua General Labatut, e finalmente deu fé do sujeito gordo que desde antes olhava para ela como um esfomeado.

Dezenas de pessoas apressadas passaram por Maguila naquela manhã infernal, em um estranho rito que acontece todos os dias, em todas as grandes cidades — as pessoas não notam umas às outras. Maguila, fazendo-lhes justiça, deixou de perceber, com sua própria pressa, dezenas de outros passantes. Mas três dessas pessoas, em especial, três belas garotas que gastavam a maior parte de seu tempo nos mesmos lugares — e ainda assim também haveriam de se ignorar mutuamente — iriam reconhecê-lo dias depois nas páginas dos jornais.

— Isso é música pra quem tem o pai preso, o irmão viado, a filha drogada e a mãe no brega! — gritou Maguila com os indicadores enfiados nos ouvidos. Estavam presos no sinal ao lado da Praça da Piedade. — Abaixa essa bosta! Bota uma coisa melhor! — reclamou, se esforçando para sobrepor com a voz o volume da guitarra distorcida de Angus Young.

Tomado por um profundo desgosto, Moacir retorceu o canto da boca e apertou o botão do rádio até chegar num cover brasileiro de "Años", de Mercedes Sosa. Estavam parados ao lado do prédio da Faculdade de Economia da UFBA, um horroroso bloco de ladrilhos encardidos que destoava das façanhas arquitetônicas em sua volta. Em frente, no edifício vigoroso e sóbrio da Secretaria de Segurança Pública, havia certa comoção. Seria por causa do assalto ao importante joalheiro ou estaria relacionado à caça por alguns traficantes que agiam no Centro? Desenhos no asfalto. Silhuetas humanas; corpos estirados no chão. Na verdade, não passava de uma performance teatral. Eles passaram discretamente. O Gol entrou na rua Direita da Piedade e parou em mais um sinal. Maguila estava inquieto. Moacir tentou quebrar o gelo, mas a fome deixa os homens furiosos.

— Me diga, macho, que sangueira da porra é essa aí na sua mão?

— Foi na confusão com o velho — respondeu Maguila, em voz baixa. — Perrengue do caralho. Seu ombro tá mais cagado.

— Tá doendo não. Não vai chamar a atenção por causa do vidro fumê, mas é bom tapar mermo. Caça um pano velho aí.

Enquanto Maguila procurava, uma Hilux da polícia parou ao lado dos dois. Um policial brucutu deu uma olhada vazia para o carro. Moacir fingiu que não se interessou, mas foram juntos até a rua do Salete. Viraram à esquerda, enquanto os policiais seguiram em linha reta, na direção do Politeama.

— Eu gostava como a porra desta jaqueta.

— Tem como costurar. Não fica igualzinha, mas...

Passaram por mercados e lanchonetes e, quase em frente à Biblioteca Central, Maguila o instou a parar, diante do milagroso odor que saía de uma padaria, na esquina seguinte. O calor nesse momento era real. A agonia era persistente como o hálito de um bêbado. O suor causado pela fuga deixava suas peles úmidas e pegajosas. Num dia normal, Alemão já estaria sem sua camisa, revelando aos clientes as tatuagens que escondia por baixo dela.

— Vai ter que me deixar comer desta vez! — bradou Maguila.

Moacir, acuado, não viu outra saída. Atrasaria seus planos, mas parou o carro.

— Beleza, beleza. Mas limpa esse sangue e coloca umas luvas, pra não chamar a atenção desse jeito. — E lhe entregou um par de luvas como as suas. — Vou esperar no carro. Pede essa porra pra viagem.

— Vai querer nada não?

Moacir, ainda estressado, percebeu que o faminto Maguila esperava à sua janela, e fingiu ignorar a mão estendida para ele, cobrando os centavos que pagariam o café da manhã adiado.

Eis que surgiu a primeira das três moças, Aline, 23, estudante universitária, que chamava a atenção com longos cabelos negros divididos em duas tranças. Aline morava num sobrado decorado com azulejos azuis-marinhos com floreados brancos, um lugar que já fora hotel e prostíbulo, até ser reabilitado e transformado numa república de estudantes. Como uma sereia entalhada na proa de um navio, a moderna Rapunzel vivia debruçada no parapeito da janela, que era desproporcionalmente larga, para entrar mais ar, sonhando para sempre com seu príncipe. Naquele dia usava um vestido verde-abacate costurado por ela e sua avó, do interior. Despretensiosa, Aline observava o movimento na rua, como se quisesse pular e se fundir ao asfalto que às vezes mudava de forma com o calor excessivo. A cena de uma pintura de Hopper, mesmo com tanto movimento na calçada logo abaixo. Ela foi a primeira pessoa em que Maguila prestou atenção após sair do carro. Ele parecia desejar que ela pulasse, apenas para que, ainda que somente por alguns segundos, pudesse ver por inteiro o corpo da jovem.

A segunda garota, Leide, 28, tinha algum contato com Aline, mas era a relação fria que se dá entre vendedor contratado e aquele lhe que entrega dinheiro, em troca dos bens de seu patrão. Para Maguila, era a menos atraente das três, não por causa de suas estruturas ósseas e musculares, mas porque suas escolhas estéticas serviam apenas a seu conforto, e não aos olhos alheios. Cortara o cabelo muito curto para evitar o calor, não usava perfumes, e suportava com tranquilidade certas gordurinhas que incomodam boa parte das mulheres. Isso, evidentemente, não tirava o belo sorriso de seu rosto (sorriso cada vez mais raro) ou seus radiantes olhos verde-esmeralda. Não gostava de atender, mas só chegava a detestar sua profissão quando surgia clientes como Maguila: apressados, gulosos e mal-educados. O comilão, por sua vez, mudou de opinião luxuriosa ao ouvir a voz esganiçada da moça, qualidade que ele não suportava.

A terceira era Stéphanie, que cruzava o caminho dos dois pela segunda vez em menos de cinco minutos. Passou por ele exatamente no momento em que Maguila entrava na padaria, e pensou que fosse ser atacada, *em plena luz do dia*, mas nem assim mudou de calçada. Sem exceção, ao ver a foto de Maguila na página policial, as três jovens se lembrariam do homem de luvas brancas e o modo que ele as olhava, como se quisesse *comê-las* — pecando não por luxúria, mas por *gula*.

Moacir naquele dia estava com a paciência de um entalhador barroco. Rapidamente tirou o cantil junto com sua jaqueta e encharcou uma flanela laranja com a aguardente. Pressionou sua bicheira, que não estava tão funda quanto pensava, e sentiu um ardor forte, maior que qualquer dor que tivesse sentido até então. O choque era como água fria derramada devagar sobre uma chapa de ferro quente. Imaginou inclusive a fumaça saindo de seu ombro. Precisaria cuidar daquilo com mais seriedade depois que resolvesse tudo, mas por ora, o sangue se camuflava em sua camisa vermelha.

Tinha os passos seguintes planejados em seu metrônomo mental, e o leviatã obcecado que estava com ele começava a aborrecê-lo. Consultou a hora no celular e o guardou de volta sobre uma pilha de moedas, próximo à marcha. Apenas depois de longos minutos Maguila apareceu diante da porta da padaria, carregando uma Coca de um litro numa mão, e na outra uma sacola de papel branca que lhe pareceu grande demais; brilhante, escandalosa, a Moby Dick das sacolas. O sangue em seus dedos se tornara rosado, debaixo das luvas finas. Moacir ligou o carro, baixou parte do vidro, e fez sinal com os dedos para Maguila andar mais rápido. Até o momento, o monstro ainda não havia escolhido entre olhar para as três jovens, para a rua que atravessava, ou para os lanches que logo iria devorar.

— Meu sapato tá todo cagado, precisei raspar na calçada — disse, enquanto arregaçava a boca para morder uma larga fatia do sanduíche.

— Uma cor natural. — Moacir ligou o carro, mas não saiu.

— Natural? Isto aqui é merda! — Ele nem tirou as luvas para comer. Pão, alface, tomate, hambúrguer, dois queijos, dois presuntos, bacon, ovo, ketchup, mostarda e maionese, outro pão.

— Então. Merda é natural. Tudo quanto é bicho caga. Agora me diga: fora o céu e o mar, o que é que existe de azul na natureza, que nem esse seu sapato aí?

Maguila se calou. O carro saiu lentamente.

— A natureza é comida, meu bróder, e a merda faz parte dela. Que demora do cão foi essa?

— Eu não ia estar com fome se tivesse comido meus mistos antes. Quando não como na hora certa, minha fome aumenta. Pedi dois completos, por isso demorou. — E começou a devorar o café da manhã como se fosse um petisco. Quando o carro virou na primeira à direita, em direção à Praça dos Barris, o nível da Coca-Cola estava bem mais baixo, e Maguila já mordia o segundo.

— Os pão não são tão bão. Pedi um pra você também. — Ofereceu o terceiro, com olhos que diziam o oposto. A verdade é que Maguila só fez o pedido como desculpa pra comer mais um. Moacir balançou a cabeça para os lados. Sentia nojo só de cheirar aqueles lanches. A comida brilhava, de tão gordurosa; o que havia entre os pães parecia plutônio.

— Então sou obrigado a comer este também — declarou Maguila. — Tanta gente morrendo de fome por aí; não sou eu que vou desperdiçar comida. — Falava com a boca cheia, mordendo o sanduíche com a mesma voracidade com que havia dado cabo do primeiro, como se as vítimas precedentes tivessem simplesmente atravessado seu estômago.

— Esse pensamento não vai matar a fome de ninguém — sentenciou Moacir, enquanto dirigia devagar. — No máximo tu fica bem mais gordo. — Estava irritado com o calor, com o ombro que ardia, com o atraso que tivera, e com o babaca de seu companheiro.

Maguila não se importou com o comentário.

— De um jeito ou de outro, tenho que comer agora. Nem sei se vai dar pra almoçar. Mais tarde tenho que dar uma coça num tal de Bob. Tá ligado nesse caba? Diz que vive de aposta.

Moacir, com o susto, freou o carro de vez. Como não iam rápido, não foi o bastante para que Maguila se chocasse com o para-brisa. Em compensação, derrubou o sanduíche no tapete e molhou a barriga com o refrigerante.

— Ô desgraça! Desperdício de comida! — Passou a mão na camisa, para tirar o grosso da Coca. — Suado, cagado e melado... Caralho, hoje eu tou foda! — Limpou os dedos na calça e olhou para Moacir com indignação. — Que porra é essa, man?

— Não viu o cachorro? — respondeu Moacir, fingindo estar tão irritado quanto se tivesse perdido ele mesmo um sanduíche.

— E você liga de atropelar o carai de um cachorro? — perguntou Maguila, com desgosto. — Devagar desse jeito? Era melhor eu mesmo ter dirigido esta bosta.

— Atropelar cachorro e chamar mais atenção? Já esqueceu dos sacos melados de sangue no banco de trás, ô mané? — Ligou o carro novamente. — Vamos acabar logo com essa merda.

Os largos dos Barris, que poucas décadas antes eram frequentados por gente do calibre de Glauber Rocha e Rogério Sganzerla, agora viviam desertos. Moacir estacionou o Gol próximo a um contêiner de lixo, e ordenou a Maguila que só obedecesse, sem fazer perguntas. Se os sacos ficassem ali, eles se livrariam da evidência do roubo e poderiam cuidar dos ferimentos. Os sacos estariam seguros, ainda não era hora dos catadores profissionais começarem a trabalhar. Moacir pegou um e amarrou bem, com cordas finas. Os travou com um lacre e, usando uma faca, com força (os sacos eram de fibra resistente), atravessou o saco com dois cadeados, apenas para não correr o risco de que o tesouro se esgueirasse em meio ao lixo. Em seguida envolveu em um saco preto, para disfarçar. Maguila o imitou, e precisou de sua ajuda para fazer os buracos para o cadeado. Enquanto executavam o serviço, dois caras, usando calças moletom azuis, vermelhas e brancas, passaram por perto fumando um baseado e exibindo seus peitorais musculosos. O menor deles usava uma touca tricolor, o outro tinha a cabeça raspada.

— Bora bahêa! — exclamou Moacir, fazendo uma saudação com o braço direito.

Eles responderam com a mesma expressão e seguiram sem mais interesse.

— Agora as armas.

Maguila não respondeu. Moacir colocou as luvas, limpou sua pistola, tirou as balas, saiu do carro e a jogou no contêiner junto dos sacos.

— Vamos, me dê a sua!

— Minha arma não.

— Cê quem sabe. Eu, que tava usando luvas, me livrei da minha — desdenhou. — O joalheiro é rico. Tem sangue seu em tudo que é canto. A polícia com certeza vai atrás de quem atirou. Eles têm como saber essas coisas, se for mesmo o caso. Já pensou se te pegam com essa porra?

Maguila hesitava, magoado.

— Mas foi Crocodilo que me deu.

— Você quem sabe, já disse.

Maguila tremia, mas não falava nada. Moacir ligou o motor. Esperou um pouco, impaciente.

— Bora!

— Peraí, man — disse Maguila, preocupado, lhe oferecendo sua pistola.

Moacir a limpou, como fez com a dele, e lhe devolveu, para que ele mesmo a jogasse fora. Maguila hesitou em tocá-la, então percebeu que ainda estava usando as luvas que tanto desprezava. Melancolicamente, a despejou no contêiner como quem se despede de uma namorada. Quando voltou ao carro, foi recebido não com um estrondo, mas com um clique, bem no meio de seu esterno — no espaço entre suas tetas enormes e sua barriga, que em seu corpo avantajado se assemelhava a uma piscina natural. O sangue de Maguila rapidamente se misturou com a Coca pegajosa de sua camisa, formando um ponche escuro e consistente. Sua face denotava o terror da incompreensão, e ele tentava, em vão, se virar para Moacir, em busca de um entendimento. O máximo que seus espasmos de dor permitiram foi que ele espatifasse com os pés o resto de sanduíche que estava no tapete do carro, transformando-o numa mistura amorfa de ketchup, pão, e a merda de seu sapato. Em seguida mais dois cliques: uma bala para cada mamilo. O sangue jorrava com facilidade, como o sumo de uma amora que acabou de ser espremida pelos dedos frágeis de uma criança. Talvez fosse o calor daquele corpo. Uma cor mais viva que o ketchup escorrendo como a água em um aqueduto.

Moacir guardou no porta-luvas a Colt sem adornos, com silenciador, arma extra que quase sempre levava consigo, para caso de eventual necessidade. Então saiu do carro e pegou de volta, de dentro da lixeira, as outras armas. Amava a Browning como amava suas guitarras, e conhecia quem poderia fazer bom uso da Walther de Maguila. Voltou ao carro e deu a partida, agora com muita calma. Ainda tinha alguns minutos para decidir o que fazer com aquele cadáver gigantesco, enquanto dirigia para longe dali.

FABULA CHRISTI

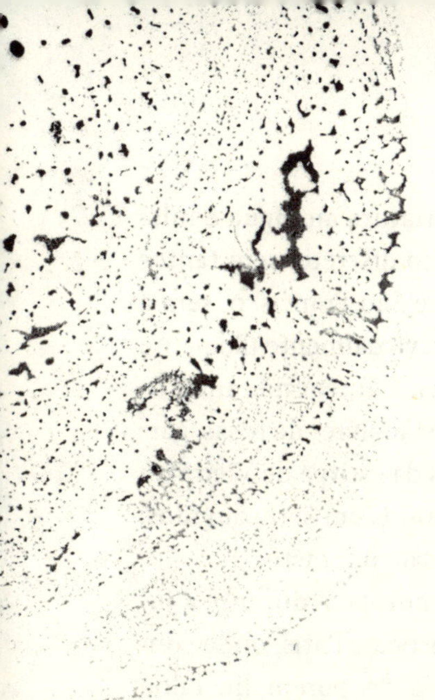

Quem estima vidro, cuidando que são diamantes,
diamantes estima, e não vidros.
Sermão do Mandato, na Capela Real,
Ano de 1645, Padre Antônio Vieira

Diz a razão popular que Salvador possui uma igreja para cada dia do ano — mas é das festas hereges que o povo gosta. Logo, nada melhor que dois radicais da Grécia — terra de bacanais e de deuses múltiplos — para explicar seu genitivo multifacetado: *soteropolitanos*. Não se trata de um único deus, o tal *salvador*. Na Roma Negra, o politeísmo reina em cada esquina.

Os deuses do sol lutam contra os deuses das sombras, Oxalá de um lado, São Pedro do outro, e as lágrimas vazadas nessa eterna batalha desabam na pele inocente dos mortais. Para o descrente, o tempo ensolarado simplesmente se metamorfoseia numa chuva rala e inconveniente que em vez de refrescar traz mais calor, pois as nuvens pesadas transformam a cidade numa estufa. O mormaço incomodava mais que o sol exibicionista das auroras infernais da cidade.

Enquanto isso, os sacerdotes fazem sua parte. Uns dançam, outros rezam, uns se ajoelham até sangrar, outros lançam braços, búzios, bebidas para cima (alguns homens santos têm o hábito de lançar moedas aos céus, e o que voltar a suas mãos só então lhes pertence, pois lhes foi enviado pelo Senhor Jesus Cristo). Os sacrifícios existirão para sempre.

Senhor Benedictus, homem de Deus, uma criatura ambígua e misteriosa, se esconde num templo humilde, de ouro discreto, sem tantos ornamentos como a Igreja da Ordem Terceira de São Francisco, sem a minúcia mourisca da Igreja da Lapinha, mas nada visualmente tão pobre quanto certas igrejas pentecostais que ele ajudava a manter onde antes ficavam cinemas e galpões. Mesmo seus sermões estão livres de rosas, gárgulas ou punhais, como os proferidos por padres da estirpe de Vieira ou de Edwards. Não, não lhe faltava o sopro dos anjos em seus ouvidos. A humildade era apenas uma opção, uma pretensão, um método.

Aperfeiçoou sua profissão numa temporada europeia durante a juventude, passada principalmente entre Roma, Lisboa e Paris, onde conseguiu contatos importantes. Essa mesma humildade, porém, lhe falou mais alto, e resolveu seguir com a carreira no Brasil, seu país natal, nessa cidade de certa forma depravada, onde sempre existiriam clientes dispostos a contribuir em troca de paz de espírito. Evidentemente, na Europa não se estuda somente retórica e teologia, assim como a paz de espírito não é conseguida apenas por meio de danças, rezas, sangue e moedas.

Senhor Benedictus, especialista nos assuntos da alma, não morava na casa de Deus, mas era lá que passava grande parte da semana. Uma igrejinha barulhenta e desconfortável, apertada como uma caixa de sapato, que funcionava num antigo galpão em Nazaré, num desvio da avenida Joana Angélica. No mais, possuía um largo gabinete no Comércio, onde meditava, recebia raríssimos convidados, e guardava seus pertences favoritos; no entanto, morava num apartamento no Corredor da Vitória. Se optou por abrir esse, e não aquele tipo de igreja, não importava mais: seu gabinete, somente ele, lhe possibilitava retirar seus disfarces. Diferentemente de vários de seus colegas de ofício — verdadeiros bárbaros, a berrar o nome de deus em vão — Senhor Benedictus era versado nos assuntos divinos.

Em seu gabinete, convivia com os que considerava Grandes Autores. Rodeava-o uma biblioteca vasta e heterogênea. Lá estavam, tentando esmagar os volumes menores, exemplares de *O Evangelho Segundo Jesus Cristo* e de *O Nome da Rosa*, não muito distantes de Agostinho, Aquino e Kempis, de *Bíblias* evangélicas, católicas, apócrifas. Tinha uma coleção clássica — os velhos conhecidos, de Homero a João Ubaldo. Formara seu próprio cânone, e nele não constavam obras fundamentais em qualquer lista, pois em nada contribuíram na modelagem do barro que compunha o seu espírito: não havia Sade, De Quincey, Baudelaire, Nietzsche, Rimbaud, nenhum dos surrealistas, certos livros de Dostoiévski, Céline, Joyce, Kafka, Sartre, Rodrigues, Nassar, exatamente porque ele conhecia o teor desses autores. Mais lacunas que presenças, porém listar um índex é tão trabalhoso quanto montar um cânone. Comprou os livros um por um, durante décadas, levando em conta seu gosto antiquado por uma prosa clara e linear, sua tendência ao moralismo, e levado pelos desvios da Fortuna.

Contudo o critério é uma falácia, na lenta montagem de uma biblioteca. Por princípio, Senhor Benedictus preferia um tratado cacofônico de boa moral que a prosa exuberante de *Lolita*. Mas lá estavam Shaw, Faulkner, Huysmans, dividindo o cômodo com Chesterton e Montaigne (*uma biblioteca é uma massa amorfa em constante dilatação, onde o fim e o começo são indistintos, os primeiros e os últimos repousando lado a lado*). Caprichos da Fortuna; ninguém é necessariamente mais virtuoso por causa de um ou outro livro guardado na estante, apesar de muitos visitantes desavisados pensarem com admiração sincera ao ouvir o homem de Deus: "quantos livros!".

Agiam como se a leitura em si mesma fosse uma atitude louvável, e a postura do Senhor Benedictus apenas ressaltava esse engano. Considerava-se uma ilhota de civilização perdida em meio a um oceano de barbárie, e não fazia questão de esconder isso. Mas a biblioteca nada mais era que uma coleção de opções, limitadas às oportunidades, assim como podia ser uma opção beber o sangue de Cristo engarrafado numa garrafa de plástico, como os idólatras da Concha Acústica, ou numa garrafa de Brunello de Montalcino, como ele mesmo fazia às vezes, sozinho no seu gabinete. Opções: eis o principal produto do Senhor Benedictus. Afinal de contas, ninguém é obrigado a aceitar a salvação.

— Ele quer entrar, Signore. — Pico não era um anão, como o grande Giotto, pois não possuía as características físicas específicas, mas media apenas um metro e meio. Sua camisa com estampa de flores desabotoada, o charuto em sua mão, e o bigode cuidado lhe dava a elegância desleixada dos antigos cafetões que escutavam pianolas e fingiam respeitar suas mulheres.

— Quem é esse sujeito, afinal de contas? — ponderou Senhor Benedictus.

— Rodrigo. É primo de Crocodilo. Está dizendo que foi ele quem deu a ideia.

— E como ele ficou sabendo de meu gabinete?

— Júnior não sabe de nada sobre o gabinete. Ele pensa que eu...

Senhor Benedictus o calou baixando a mão direita lentamente, como um imperador.

— Júnior?

— Rodrigo. Júnior. A mesma pessoa, Signore. Crocodilo deve ter falado demais.

— Pois não o deixe entrar. Pergunte-lhe se deseja mais alguma coisa e mande-o de volta.

Pico murmurou algo através da porta entreaberta.

Era preciso salvaguardar a felicidade. Fino, discreto, bastante reservado, ali ele convivia com seus tesouros, que iam além da biblioteca. Entre santos manetas como ladrões orientais e Nossas Senhoras de marfim, óleos da via-crúcis, cruzes e âmbulas de prata e ouro, lá estava sua obra favorita, encomendada por um preço de fome a um artista andarilho da cidade de Cachoeira. Uma gravura entalhada em madeira do profeta Zacarias lendo seu cântico, inspirada, em parte, na imagem de Michelangelo, e o resto no biótipo do sábio antigo (idoso, careca, e barbudo, tudo muito branco), com as palavras escritas em letras grandes e claras: *Benedictus Dominus Deus Israel*. Como um despreparado discurso pomposo, era uma obra de certa forma rústica, principalmente a quem conhece a arte medieval, florentina e veneziana; mas seu charme estava exatamente nisso, pois lhe dava autenticidade. Claro, não era um tesouro que pudesse ser trocado por uma mala de dinheiro numa loja de penhores ou um salão de antiguidades, mas era o que Senhor Benedictus podia guardar em um espaço tão restrito. Possuía mais — catedrais —, mas o que havia no gabinete era o que ele faria questão de manter consigo quando o mundo fosse destruído e não sobrasse mais nada pelo que lutar.

— Ele deseja uma fortuna pela ideia.

— Uma fortuna?

— Nada menos que uma fortuna. Ele alega que lucraremos como nababos depois da operação, e que pede pouco, numa comparação percentual.

— Uma fortuna... Como espólios de uma batalha ainda não travada. Fale com ele pessoalmente, meu caro amigo.

Do outro lado da porta da antessala vazia que dava para o gabinete, o segurança esperava pela decisão de Pico. Adolfo Matias era um sujeito corpulento e mal-ajambrado, visivelmente desconfortável em seus trajes formais, que de modo geral passava o dia inteiro esperando pelo fim do expediente, rindo das bobagens que recebia em um *smartphone* presenteado por Pico. Aquele era um dia atípico. Pico passou por ele e foi lidar pessoalmente com Rodrigo Júnior, cujo primeiro nome já se tornava fumaça para Senhor Benedictus. Rodrigo Júnior usava calças limpas e sapatos. Aos olhos de Pico, acostumado a lidar com gente de todo estrato social, o rapaz estava bem vestido, embora trouxesse o toque da desorganização em seu olhar atormentado — por mais preparado que estivesse para a ocasião, sua aparência só transmitia com perfeição seu desconforto. Aquela elegância não lhe era natural. Tudo nele parecia incomodar e apertar. A gola da camisa, o couro dos sapatos, o cinto na barriga e, principalmente, o suor na testa (e no pescoço, e debaixo dos braços, e muito provavelmente nas partes íntimas). Ao lado de Adolfo Matias, fazia uma dupla interessante. Pico conversou com ele em voz baixa e não tardou a retornar ao gabinete do Senhor Benedictus.

— Os demônios plantaram uma semente naquele cérebro fértil, Signore.

— Che vuoi dire? — interrogou Senhor Benedictus, com afetação.

— Quero dizer que não age por oportunismo, *capisce*? Penso ser dos mais perigosos.

— Interessante.

— Seu espelho não lhe mostra mais que o mentor de um grande plano. Acredita ter sido uma peça fundamental em nosso mecanismo. Isso fervilha em sua cabeça. Mil ideias escurecem o seu olhar. Desconfia da mãe, da esposa, da filha, de todos os homens. Um caso clínico de paranoia. É um fanático.

Salvador não era o destino final do Senhor Benedictus. Quando se sentia soterrado pela rotina de um lazer repetido, maquinava pretextos para viajar ao Rio de Janeiro, a Ouro Preto, a Olinda, até mesmo a cidades de países próximos, Buenos Aires, Cusco, Guadalajara, e particularmente Ipiales, na Colômbia, para visitar o Santuário de Las Lajas. Embora gastasse o tempo restante sob as sombras solitárias de seu gabinete, sabia o que esperar das pessoas.

— Conheço a espécie. Mas nenhuma ideia vale uma fortuna!

O que ele não possuía, nem por isso, deixava de apreciar. Olhava sem tocar o fino da arte Barroca. Seus prazeres artísticos coincidiam com os literários. Evitava a todo custo as artes modernas e todos os seus "ismos". Mantinha-se à distância de cinemas, televisores e de qualquer aparelho que replicasse música distorcida (ouvia, naquele momento, a "Sinfonia n.º 07 em Lá maior", de Beethoven, numa vitrola moderna ligada a um sistema de som de qualidade). Passeava religiosamente pelo Terreiro de Jesus, no Carmo, os museus de Arte Sacra, o Mosteiro de São Bento, as galerias perdidas pela cidade.

— Antes de dispensá-lo, diga-lhe para ter fé. Talvez assim ocupe sua mente ociosa com melhores pensamentos. E dê alguns conselhos ao segurança, pois ninguém deveria se aproximar daqui.

— Ainda pensam que sou eu *il capo*.

Talvez tenha abortado uma quimera. Senhor Benedictus era um homem de muitos negócios. Quem o visse o imaginaria mais como um empresário em direção ao Comércio que como um homem de Deus. Em vez de batinas, togas, penachos ou chapéus espalhafatosos, ele usava uma camisa azul de botão, bem cortada, calças sociais de cor sóbria, sapatos pretos de couro, gravata preta. Ademais, não discutia negócios, a menos que tivesse participação direta neles. Pico era quem cuidava de executar todas as suas maquinações. Que cada um conversasse com sua turma. Ele não falava com estranhos, a não ser de religião e trivialidades.

Finalmente os capadócios me deixaram em paz, pensou quando o assistente saiu.

Os objetos daquela sala descreviam o Senhor Benedictus, traduziam-no a uma mistura romântica do monge medieval com o aventureiro oitocentista e o intelectual colecionador. Ao redor da grande mesa de mogno, sobre uma cadeira rococó, um enorme volume sobre os grandes gravuristas, aberto na página de *São Jerônimo em sua Cela*, de Albrecht Dürer. Pico estava proibido de tocar nos livros que o Senhor Benedictus deixava abertos. Sobre a vasta mesa, catálogos da *Bonham's*, *Sotheby's* e *Christie's*, entre outros, o Zacarias entalhado, alguns palimpsestos e iluminuras, um imponente falcão empalhado e uma garrafa de Frangelico. Sobre um suporte de madeira, um pequeno globo terrestre alaranjado; as letras em fontes antiquadas. Um relógio de parede encravado numa caixa de madeira com um pêndulo. Espadas, crânios, tapetes. Tudo isso rodeado por estantes e mais estantes de livros.

Abriu a garrafa de Frangelico e serviu uma dose numa diminuta taça de cristal e borda adornada por arabescos dourados. Folheou distraidamente um catálogo da Bernard Quaritch, que levava na capa uma ilustração da cachoeira de Paulo Afonso, feita por Heinrich Halfeld, enquanto sorvia vagarosamente o licor âmbar, estacionando-o sobre sua língua por alguns segundos, para prolongar o prazer que lhe proporcionava. Não se importava em tomá-lo como aperitivo, antes das refeições, para incômodo visível de Pico. Ignorava, ou apenas fingia desconhecer, que possuía um estoque da bebida no próprio gabinete. *Talvez valha a compra*, pensa, *ou talvez eu deva investir em algo mais consistente*. Não estava em condições psicológicas para pensar em dinheiro, devido à interrupção de Júnior, o primo de Crocodilo.

Ansiava pelo magnífico cronômetro. Apesar de produzido em série, no século XVIII, não deixava de ser um objeto único. O cronômetro era obra de um discípulo de John Harrison — o gênio inglês que dedicou sua vida a produzir os mais perfeitos relógios, na história dos artefatos construídos por mãos humanas. Seus medidores de tempo resolveram o antigo problema dos cálculos de longitude, responsável por tantos acidentes de navio durante os séculos. Seu discípulo, por sua vez, se chamava Larcum Kendall, e foi o primeiro a reproduzir a obra-prima de Harrison, um gigantesco cronômetro nomeado H4, testado por ninguém menos que James Cook, o capitão da Marinha Real Britânica que ficou conhecido por suas explorações na Oceania e no Ártico. O cronômetro que exasperava Senhor Benedictus era apenas mais um entre os relógios de bolso produzidos em larga escala por Kendall, muito tempo depois. Eles eram menores, mais simples, e igualmente eficientes. Sabe-se lá como ou quando um deles havia chegado a Salvador. O homem de Deus o desejava pelas histórias que haveria de conter, por sua importância e raridade, mas principalmente porque pertencia a um troglodita incapaz de lhe dar o devido valor, ao contrário dele. O desejo o roía como uma traça. Senhor Benedictus estava visivelmente desconcentrado.

Os condenados queimam no inferno sem arrependimento e maldizem os bem-aventurados que foram ao céu. Não sabem que não existe paraíso certo, pois cada um há de pecar à sua maneira. A tortura do inferno consiste principalmente em imaginar que o céu existe, e que alguém está lá num perpétuo prazer, ignorando todos os sofrimentos dessa bruta multidão que se acotovela por um pouco de espaço onde possa ser maltratado com mais tranquilidade. Não obstante, as portas do paraíso existem apenas em dois planos: no real imaginário, em que estão trancadas, pois ninguém merece entrar, e no puramente imaginário, onde nem estão. O motivo é simples: todos estão no inferno. E lá, o maldito que por um segundo esquecesse suas torturas e imaginasse que o paraíso não existe, e que são todos miseráveis como ele, exatamente nesse segundo, ele o encontraria. Esse era um consolo que ele guardaria somente para si, pois estar no paraíso é ignorar o próximo. Somente pensar neles com superioridade. Esse seria um momento de gozo, onde a desgraça alheia — o desconhecimento — seria seu maior prazer. Um paraíso sem portas — é bem verdade — onde, pela lógica das probabilidades, todos poderiam entrar naquele mesmo segundo e ainda assim sobraria espaço. Por esse motivo seu paraíso acabaria por ser destruído. O segredo era a chave dos portões inexistentes, e quanto mais condenados pensassem pela mesma lógica, menos haveria sentido em se comprazer de se possuir algo raro. Os pensamentos originais *podem ocorrer, simetricamente, a mais de uma pessoa. Pela possibilidade de que alguém pensasse como ele, seu paraíso hipotético gradualmente perderia metros quadrados, até que ele porventura chegasse à conclusão de que possivelmente todos no inferno pensavam da mesma maneira e, entretanto, exatamente como ele, todos também guardavam o segredo longe do alcance dos outros (ele incluso) para não perder seus esfumaçados centímetros de grama celestial. Nesse momento se acabaria o seu segundo de prazer e novamente o inferno lhe apareceria como uma tortura indelével, onde não havia espaço para todos, mas mesmo assim lá todos estavam. Assim o inferno é O Inferno. Por uma simples sucessão de ideias, nesse momento se tornaria um lugar pior ainda, uma vez perdidos os vinte segundos de paraíso.*

Mas a desgraça desse coitado não acabaria nesse ponto. Continuando com essa cadeia imaginativa, suas torturas seriam piores quando ele imaginasse que naquele momento, alguém deveria estar alcançando o paraíso que ele acabara de perder, pois esses repetidos pensamentos, por serem secretos, não perdem sua originalidade quando posteriormente pensados por outros. E sentiria um laivo de gozo, como se tocasse um fiapo da grama dos Campos Elíseos, quando imaginasse que esse paraíso, da mesma maneira que o dele, também seria perdido. O condenado é rancoroso.

Porém antes que tocasse essa grama, ele se imaginaria no meio de um processo de pensamento pelo qual todos os outros, hipoteticamente, também passaram, estão passando ou passariam. Alguém poderia ter pensado assim antes. E dessa maneira, o inferno, transformado numa entidade mental, se lhe tornaria psicologicamente insustentável. Paraíso seria esquecer tudo e alcançar o céu original mais uma vez. Forçar o esquecimento, no entanto, é um paradoxo que torna inalcançáveis todos esses paraísos hipotéticos. Só se esquece involuntariamente.

Assim todos carregam um inferno dentro de si.

Um inferno dentro de si.

Todos os dias o pregador separava alguns minutos destinados unicamente ao cultivo das ideias. Apesar de não pensar nisso diretamente, acreditava que o licor estimulava as conexões elétricas entre seus neurônios. Em seu palato só havia reservas para o Frangelico e vinho, as bebidas servidas em seu paraíso particular. Enquanto devaneava, segurava nas mãos um discurso de Jerônimo de Stridone sobre o uso da maquiagem, que, de acordo com seus critérios, era um exemplar de prosa irretocável. *O prazer inexplicável da releitura consiste em poder começá-la numa letra minúscula e terminar antes do primeiro ponto, e ainda assim ter uma visão do todo.* Sorvia a bebida lentamente, de olhos fechados. *O exato oposto da vida.*

A poucos metros do Senhor Benedictus, era visível que Pico também desejava uma dose de bebida, de *qualquer* bebida. Tinha ao seu lado uma confortável poltrona reclinável, sem livros por cima, mas preferia ficar de pé, puxando pequenos pedaços de pele morta dos dedos com as unhas da outra mão. Estava preocupado com o último comentário de seu chefe; jamais pensou que alguém além dele se aproximaria do gabinete.

Por fim, Senhor Benedictus tampou a garrafa. Pico, palpitando de ansiedade, se aproximou para guardá-la. Três batidas cautelosas na porta o distraíram antes que concluísse a tarefa. Adolfo Matias chamou Pico discretamente, alguém havia ligado para ele. Saiu para atender. O uso de celulares era proibido no gabinete. Senhor Benedictus olhava para seu relógio de pulso enquanto esperava pelo assistente. *Diante das coisas sólidas do mundo, qual a importância de uns centímetros de pele que mais cedo ou mais tarde, inevitavelmente, secarão?*

Pico não demorou. Trazia uma boa notícia.

— Crocodilo está vindo.

Pico não sabia dizer se sua vida no Brasil era autoexílio, sequestro, ou servidão, mas tinha certeza que adorava Senhor Benedictus quase como ao próprio Jesus Cristo. Fora ele quem o salvara às escondidas das mãos inescrupulosas de certo tio, um velho e frustrado trangalhadanças que queria lhe dar uma lição *indimenticabile*, quando Pico ainda era criança, em Napoli.

— Em relação a esse homem que veio aqui...

Era uma longa pausa de seu mestre. Pico não sabia se reflexiva, ou se o homem de Deus esperava por algum comentário de sua parte. Tinha a impressão que Senhor Benedictus estava particularmente lento aquele dia, como se pressentisse algo de errado. Na falta de complemento, abateu ele mesmo a frase agonizante.

— Não se repetirá, *Signore* Benedictus.

— É o mínimo que posso esperar, mas não me refiro a isso. — Ele se aproximou de Pico. — Quero que fique de olho nele. Precisamos manter sua paz de espírito.

— Meu senhor se refere a...?

— A Deus, sempre. Faça com que veja Deus. Se não der certo, deixe-o com o primo. Afaste-o daqui. Agora, peça pra trazerem meu almoço, por favor, e só me interrompa novamente quando Marcondes tiver saído. Não desejo sequer vislumbrar um bárbaro de tal qualidade. Que ele apenas deixe a encomenda e siga seu caminho.

— Marcon... Ah, Crocodilo! — exclamou Pico para si mesmo.

Alguns costumes se tornam tão intrínsecos quanto os movimentos biológicos originais, de modo que eles próprios se confundem; o que era hábito se transforma em necessidade, e o que era necessidade se torna hábito. Seu estômago era preenchido por vontades instantâneas, e Senhor Benedictus escolhia o que comer quando um apelo do fundo de sua consciência, a mais pessoal das inspirações, lhe fizesse desejar esse ou aquele prato.

Opções.

Após retirar os catálogos da mesa, Pico flutuou para fora do gabinete.

Senhor Benedictus se sentou novamente em sua bela poltrona, diante da grande mesa de mogno. Ao lado, lá estava, como sempre, o divino falcão empalhado; robusto, poderoso, esse outro senhor dos céus. *Como a natureza já foi grande!* Observando o animal agora morto, o homem de Deus sentia sua própria insignificância. *Este pássaro já foi livre para sobrevoar o mundo inteiro, e agora está preso neste corpo imóvel.* Estava ficando velho; cada vez mais fraco. Talvez fosse época de juntar seus bens e descansar.

Todos os portos abertos, esperando por minha fortuna, e eu aqui, cuidando de ninharias. O que um homem tão refinado fazia naquele lugar? *Salvador... A mistura na arquitetura da cidade: o fino da ourivesaria portuguesa e a depredação sistemática; mestres da arte europeia ladeando artífices grosseiros da massa corrida com azulejo chapado.* Há muito tempo pensava em agir como um errante: fugir sem dívidas; fugir para nunca mais voltar; fugir sem amarras, para sempre, como o tempo passado. Fugir!

Adolfo Matias entregou a Pico uma bandeja com um almoço morno, servido num prato de porcelana, e voltou à porta da antessala. Talharim verde, sem molho, e salada de grão de bico com rúcula e tomates secos. Enquanto servia ao Senhor Benedictus, Pico olhou com certa pena para aquela minúscula porção de comidas que sairiam voando com um fraco vento litorâneo. Um homem tão grande, comendo como um passarinho.

— Bem na hora! Se o almoço atrasa tenho borborigmos. E sinto uma espécie de pontada. Uma dor fina... bem aqui.

Ele mostrou a própria testa com o dedo, mas indicava um ponto mais profundo. Pico não deixava de pensar que aquilo era comida para quem tem os dentes moles. Não faz a mínima diferença comer atrasado, se no final das contas o almoço não tem sabor.

— Uma *copa* de vinho, *Signore* Benedictus?

— Não. O licor me basta — respondeu. — Vou querer uma taça d'água. Temperatura ambiente.

Mesmo rebeldes e pagãos hão de concordar que nenhuma vida faz sentido sem a tentativa de transcender à própria geração.

Pico não conseguia imaginar como o Senhor Benedictus vivia antes dele, o velho só se dedicava àquelas malditas obras de arte e deixava de lado a vida em si. Pesava-lhe como uma corcova as incumbências pessoais e as empreitadas escusas que tinha que administrar para o patrão, como se tivesse aceitado um trabalho numa antiga casa grande. No princípio, sempre houve uma fortuna. O próprio Senhor Benedictus não começara do nada, tinha seus próprios segredos obscuros. Embora não tivesse brio de enfrentá-lo, Pico se incomodava com a postura complacente do Senhor Benedictus, como se sua ausência o livrasse do mal de cada dia; como se ignorasse o que Pico e seus homens cometiam nas sombras, em nome dos interesses do patrão; como se, ainda que indiretamente, o homem de Deus também não estendesse suas mãos pias para erigir a obra do Adversário.

Em Salvador, basta que se atravesse a porta de casa para a rua, em qualquer horário, e invariavelmente surgirá um estranho com alguma abordagem praticamente criminosa. Às mulheres são reservados os galanteios, pedidos obscenos, vulgaridades; aos homens oferecerão sexo barato; a ambos pedirão dinheiro ou tentarão tomar o que quer que se esteja carregando.

Nem todos evitam essas presenças.

Pensando ser um costume local, logo que havia chegado à cidade, Pico deduziu que era melhor abordar que ser abordado, e sempre que previa alguma inconveniência em potencial, mas não somente nessas ocasiões, antecipava-se em incomodar *o outro*. Dominava com esmero a retórica tropical. O *bon vivant* só tinha reservas para com o patrão. Longe do gabinete, se incorporava ao siciliano original.

— Moura celeste! Venus anadiômena! A mais bela *ragazza* do país das mulheres!

Outros empreendimentos eram geridos no mesmo andar. A sala de espera, depois da antessala, próxima aos elevadores, estava praticamente vazia. Em geral, esses galanteios baratos eram ouvidos em silêncio, pois supunha-se que Pico era figurão do marketing político. Fora do gabinete, usava óculos escuros com aro dourado, anéis espalhafatosos, blazer azul-marinho e uma corrente de ouro com Jesus crucificado.

— Ah, queria eu que o senhor acreditasse no que diz! — reagia, com timidez, Rebecca, a recepcionista que ouvira os elogios. Mesmo quando o sorriso não era sincero, ela cintilava. Tinha um talento natural para o ofício.

— Luz de minha vida, minha alma, minha lama! — Pico falava alto, retirando uma flecha de seu coração, com gestos falsos e operísticos, típicos dos estrangeiros em Salvador, e se agitam como se estivessem contaminados pela alegria da terra.

— Salvador é uma gigantesca fêmea indomada!

Pico desce o elevador e, ao perceber a chuva, pede que o porteiro do prédio lhe chame um táxi. O carro chega depressa e ele toma o assento traseiro.

— Eu não entendo por que vocês estão deixando tudo cair aos pedaços. É a história viva da cidade, o que vocês têm de mais importante. O que a cidade tem pra mostrar pro resto do mundo, se não as belas mulheres e estas construções antigas?

Ao lado do Elevador Lacerda, placas de VENDE-SE ajudavam a tapar buracos em paredes que já haviam abrigado exigentes nobres europeus. O amarelo do Mercado Modelo estava opaco como a gema de um ovo frito que já havia esfriado, e ainda assim, era o que havia de mais vivo nas redondezas. A Basílica Nossa Senhora da Conceição da Praia, montada a partir de pedaços vindos de Portugal, despelava como o couro de um turista nórdico. Até pouco tempo, antes do câncer se espalhar, alguns casais abonados ainda insistiam em contrair matrimônio naqueles templos.

— Essas casas velhas? — perguntou o taxista, com indiferença.

— São casas *únicas*, meu caro. Únicas. As imagens dessas construções estão sempre gerando grana para quem não se importa com elas, lá no aeroporto, na TV, nos outdoors, nos shoppings do outro lado da cidade; mas uma foto precisa mostrar a verdade. Basta passar por aqui durante a noite para ver que o lugar está morto. As pessoas não têm coragem de caminhar nestas ruas. Não tem diferença pras cidades fantasmas dos filmes de *cowboy*.

— A hora de morrer chega pra todo mundo.

As primeiras fontes de água de Salvador estavam escondidas debaixo de grossas camadas de lodo verde-escuro, escorregadio como o escarro carrasco de uma febre avançada. Para sua ressurreição faltava-lhes, no mínimo, a conjunção de um pouco de assistência financeira com um Fellini que nelas filmasse seu *La Dolce Vita* soteropolitano.

— Há coisas que sobrevivem. Não há meios termos: o que não se degrada se eterniza. O maior prazer de andar em uma cidade é ver o que era antigo funcionando normalmente, muito tempo depois de construído, em benefício do cidadão comum, sem precisar se transformar em atração turística. O elevador, o porto, a Igreja do Bonfim, onde o povo ainda paga promessas. Um bom italiano deve adorar os monumentos antigos. Na Itália tudo é muito velho; mais velho até que o santo salvador que empresta o nome à sua cidade.

— Pois eu não tenho nada a ver com essa bagaceira toda aí. Pode tirar o meu da reta.

O taxista ligou o rádio num programa de entrevistas. A chuva engrossou. A vista do carro era formidável, mesmo com a chuva que, na verdade, dava uma pincelada diferente à Baía de Todos os Santos. *Um bom italiano deve amar esse mar colossal.* Tonalidades de azul, cinza e prata que pintavam um exemplar vivo de um *Noturno* de Whistler. Algumas breves pinceladas quentes e aleatórias davam conta de sugerir barcos e navios. O que ele via naquele exato instante não deixava de ser uma obra de arte, uma obra que ninguém mais, nem ele mesmo, teria a oportunidade de ver novamente. Era único como os artefatos do Senhor Benedictus, cuja afeição sempre se esvaía como a areia numa ampulheta, assim que tocados por seus dedos.

— Estou apaixonado — dissera-lhe, em certa tarde morosa, meses antes, o homem de Deus. Conversavam por telefone. O Senhor Benedictus provavelmente estava longe de seu gabinete, de suas quinquilharias, e lhe falava do maldito cronômetro.

— E o que esse *orologio* tem de tão especial, *Signore*?

— É um cronômetro. O que posso dizer... É um objeto singular. E *único*. Único! Quero, desejo, preciso! — O Senhor Benedictus não podia conter sua empolgação ao contar para Pico a história da longitude.

— E por que então não compra um? — perguntou, como se houvesse resolvido o impasse.

— Você não entende, Pico? Preciso *daquele* cronômetro! É o meu *zahir*.

— *Va bene*. "Zahir". Já ouvi essa antes... — afirmou Pico, de lado, como um conspirador da Commedia dell'Arte.

— O quê? — A voz do Senhor Benedictus estava alterada.

— Signore, por que não compra *aquele*, já que precisa tanto?

— O joalheiro... Como era o nome? Ofereci uma fortuna para ele, mas o homem não deu o braço a torcer.

— Ele não tem exatamente uma profissão ruim. Não precisa de dinheiro. É preciso atingir o coração desse homem, meu ilustre senhor... O coração. Ou...

— Sim...

— Por que simplesmente não manda alguém ir lá e... O *Signore* me entende? Não deve ser tão difícil conseguir um mero *orologio*.

— Cronômetro! — gritou Senhor Benedictus. — Você não entende o valor disso! Eu não posso chegar lá assim, do nada e...

— Por que não? — perguntou Pico, com calma.

— Entenda, maldito carcamano comedor de parmesão, entenda! É um objeto importante. Único. Não está prestando atenção? *Único!* O infeliz só mostra o cronômetro a quem vai admirá-lo de verdade.

— Parece ter funcionado...

A ligação caiu. Ele olhou pela janela do carro. Naquela tarde morosa, a praia de Amaralina estava vazia, com exceção de um punhado de jogadores de futebol. Alguns minutos depois, Senhor Benedictus ligou de um número estranho, bem mais calmo.

— Ele me mostrou com exclusividade, Pico. É dos tipos que possuem as coisas só para mostrar pros outros. Não usufrui de nada que tem. Não usa, não sente, não ama. É um troglodita, creio que ignora até mesmo o motivo pelo qual o cronômetro é tão importante. Um objeto tão singular precisa encontrar mãos civilizadas, dignas de tocá-lo. O sicofanta só quer se exibir. Esse cronômetro *merece* ficar comigo.

— Mas...

— Escuta, não vou dizer que isso nunca foi feito. Mas sou um homem civilizado, certo? Em nosso mundo, não é difícil se deixar levar pela bestialidade. E o que podemos fazer? Primeiro tentamos resolver as coisas com o diálogo, com a contenção. Agora escuta bem. Se alguém chegasse lá, dois dias depois, e pegasse esse cronômetro, ia ficar mais do que evidente quem poderia ter feito. Mesmo que nem fosse eu, de quem iriam desconfiar? Ele não mostra pra muita gente, perceba. Além do que, não por minha índole, que permanece pura, mas já pensou se... Não por mim, mas pelos outros. Ah, me dói até imaginar! Já pensou se...

— Se...?

— Se resolvem vasculhar meu gabinete?

Era nisso que Pico pensava, enquanto o táxi estava quase encerrando o seu percurso e o entregando em seu destino, na Bahia Marina. Naquela tarde morosa, uns quatro meses antes, iniciavam-se os planos que estavam prestes a se encerrar em poucas horas, quando enfim Crocodilo entregasse no gabinete os espólios do roubo, e o Senhor Benedictus tivesse em suas mãos aquele maldito *orologio*.

Após mais alguns comentários com os quais o taxista concordou sem pensar, Pico se viu diante de um restaurante luxuoso, com uma porta de madeira tão alta, espessa e larga quanto a porta de uma catedral. Tinha uma reunião com Estevão Fernandes, pastor e vereador de uma cidadezinha do Recôncavo Baiano.

Estevão já o esperava numa mesa, tomando um suco de melancia. Era um homem de dentes largos, com cabelos penteados para trás, lambuzados de gel. Um sujeito convincente, mas não confiável. Pico suspeitava de quem ria parado, sem apresentar o motivo. Pediu uma dose dobrada de *Sambuca con la mosca*, como era seu costume, apenas para começar a conversa. Ao seu lado, um copo comprido, igual ao de Estevão, mas vazio.

Um menino de uns nove anos, fantasiado de adulto, surgiu de repente, do outro lado da mesa. Estevão não estranhou a sua presença. Esticando-se, o moleque puxou para si o copo vazio. Em seguida apontou para o italiano com indignação.

— Por que bebeu meu suco? — Deu uma volta na mesa. — Você não tem dinheiro?

— Eu não bebi nada.

— Pai, ele está mentindo? — perguntou o garoto a Estevão.

— Não. Eu que bebi.

— Ah! — disse com desdém. — Você quem vai pagar mesmo.

Ele desapareceu na linha da mesa. Apareceu do lado de Pico.

— Então podemos ser amigos. — O menino esticou a mão em posição de cumprimento. Pico receou ser enganado por algum truque bobo, mas trocaram um aperto firme. O menino não largou sua mão. — Escuta, você gosta quando alguém pisa no seu pé sem querer?

— Não. — O garoto soltou sua mão e assumiu uma careta maliciosa.

— Ai! — exclamou Pico, batendo com o joelho na mesa, derrubando o copo vazio.

O menino escapuliu para o lado de Estevão.

— Pisei *de propósito* — justificou o menino, triunfante. — Você disse que não gostava que pisassem sem querer.

Estevão pediu desculpas e, sem contar, deu um punhado de dinheiro para o menino se afastar, enquanto eles conversavam. Havia certo burburinho nas mesas ao redor, pois alguma celebridade tropicalista acabava de chegar ao restaurante. Os dois não se interessaram.

— Gostei de seu menino — disse Pico, enquanto recebia o Sambuca. — Esperto ele. Então... Aos negócios?

— Estou querendo expandir para o sertão — começou bruscamente Estevão, com voz baixa, como se fosse um segredo. Diminuiu o burburinho ao redor deles.

— Qual o nosso percentual? Não é um investimento tão seguro assim.

— Por que não? — inquiriu Estevão.

Antes de Pico responder, um garçom se aproximou da mesa. Pico pediu uma entrada de polvo ao alho e óleo. O garçom esperava o pedido de Estevão. O menino não tinha dado sinal de vida.

— Tou com uma gastrite do cão — comentou Estevão, dispensando o garçom com as costas das mãos. Mas voltando, não é seguro como?

— Lá já tem muita igreja. *Così*... É um mercado muito competitivo, este nosso. Você sabe mais. E depois, com essa crise das secas...

— O negócio é seguro exatamente por isso! Quanto maior a crise, maior a disposição do povo pra provar sua fé. Esse é o melhor investimento, um negócio que lucra na seca e na tempestade, na miséria e na bonança. Além disso, os povoados são o novo público-alvo. Não as cidades, o bolso.

— Paguei uns drinques pra umas gatinhas — comentou, apontando pra duas mulheres que bebiam coquetéis multicoloridos. Estevão teve que se virar.

— Mas será que essas quen... Hum. Essas mulheres não têm vergonha em ludibriar um garotinho? — Estevão pensou em tirar satisfações, mas não se levantou. — Acabou seu dinheiro, pivete. Agora senta aqui quietinho e espera.

Chegou o pedido de Pico. Um homem como Senhor Benedictus deveria almoçar em um lugar como aquele todos os dias. O menino meteu a mão em sua comida. O pai o puxou bruscamente, falando com rispidez.

— Larga de mau costume!

O menino fez cara de choro. Estevão pediu o mesmo para ele, com outro suco de melancia.

Pico ignorou as reviravoltas da criança e as trivialidades do pastor. Ainda passariam algumas horas juntos, apesar do assunto encerrado. O Brasil tratava os imigrantes com muito mais igualdade que os outros países: tratava-os mal, o mesmo tratamento dispensado a todos os brasileiros. No final das contas, Pico tomou três doses de Sambuca, uma de Frangelico, uma rosca de limão e uma de abacaxi. Almoçou uma moqueca de camarão rosa e caju com purê de inhame, acompanhado de uma jarra de água de coco. Não pediu sobremesa, e Estevão só o acompanhou no café expresso, enquanto o menino abandonou, praticamente intocados, a entrada de polvo, uma porção de batatas fritas e o outro suco, e só tivesse consumido por inteiro um copo de água de coco.

— Deixa que eu pago!

— Em minha cidade você é meu convidado! — Pico sacou da carteira um dos cartões de crédito do Senhor Benedictus.

Até os seres mais dedicados na busca da transcendência espiritual levam no corpo os prazeres e torturas que fazem girar o engenho do mundo. Todos os esforços daquele imbecil, por exemplo; de que serviam, se não para lhe prometer algum conforto momentâneo? Qual a utilidade dos esforços das guerras e da medicina? Mesmo a transcendência residia no corpo. Estevão era um mentiroso e Pico não entendia o motivo. Até onde sabia, um homem com gastrite não poderia beber café. Tinha que voltar ao gabinete já fazia algumas horas. Crocodilo o importunava com ligações e mensagens. Quando finalmente as leu, Pico descobriu que ele não tinha esperado, conforme o combinado, e havia largado o espólio do roubo de qualquer jeito, na mão de Adolfo Matias.

O pequeno hexágono transparente refletia em suas faces lisas a imagem brutal do Senhor Benedictus, um segundo antes de ser destruído. As ranhuras e rachaduras cobriam com velocidade a superfície do vidro, até que ela estourasse rapidamente, como se estivesse preenchida por pólvora, acabando com a breve reação de contato entre a joia frágil e a madeira dura do armário. Consequentemente, rachavam-se também os olhos do homem de Deus, enrugados como um maracujá, devido à força excessiva com que se fechavam ao mundo, sua boca escancarada, que blasfemava enquanto seu reflexo se restituía nos lados de outro caco de vidro, ou seu nariz, que nada tinha de especial. Aquela bijuteria, ainda por cima, era da mais vagabunda. Pérolas de vidro, colares de lata, contrapeso de ferro. Artesanato genuinamente grosseiro, apesar de alguns afirmarem como "original" em benefício próprio. Era impossível não perceber; até um cego notaria que não eram verdadeiras. Nem pesavam direito. Não era preciso nenhuma lente para descobrir que se tratava de um embuste de última hora. Era produto barato, provavelmente de camelô; e se lá estava, é porque alguém no meio do caminho tinha permitido sua passagem.

Senhor Benedictus segurava outra peça e não se demorava olhando. A pedra que agora voava era verde, retangular, diferente, até agradável aos olhos, não fosse a falta de valor financeiro. De qualquer forma, apesar de ser uma pedra diferente, a imagem refletida não mudava em nada em relação àquelas que todas as outras pedras mostraram antes de se espatifar contra os tesouros verdadeiros que ilustravam o gabinete. Somente caras tortas. E assim seria, até que não sobrasse mais nenhuma.

A esperança se fora. Todas destruídas. Só não era pior que a quebra de expectativa. Senhor Benedictus acreditava que teria em mãos naquele momento o cronômetro. O que sentia era uma variação do luto. E nem saberia mais dizer onde o cronômetro estava. Na rua? Ainda na joalheria, com quem não o merecia? Precisava localizar o ponto de fratura na organização de seu plano.

Pico era o responsável. Certamente alguém havia menosprezado a sua força no meio do caminho, senão não teria coragem de mexer com seus nervos. Não havia como o joalheiro prever o evento daquela manhã.

Por que um velho sedentário haveria de esperar estranhos em sua loja? Lera em algum lugar a história de São Mauro que, condenado a ser cozido vivo, reclamou do frio de seu banho, excitando seu inquisidor a queimar a mão na água fervente, no afã de testar sua temperatura. Não podia ser o joalheiro. Júnior lhe parecia antes um caso de loucura que de má intenção. Estava lá praticamente no horário em que o assalto era cometido. Não podia ser ele. Mas então, quem, uma vez que ele dividiria seu lucro com todos que tinham participado de seu acordo? A divisão era muito simples, segundo Pico, meses antes:

— A ideia é de Crocodilo. O *Signore* fica com o *orologio*, eu e ele com as joias, e os outros dois caras com o dinheiro.

— Como vai vender essas joias? — perguntou Senhor Benedictus. Conversavam no gabinete, quando combinaram a divisão. Pico se sentava numa das cadeiras rococó, que aquela tarde estava desocupada por livros.

— Crocodilo tem um canal. Quero fazer uns investimentos, para o caso de necessidades.

— Estou precisando pagar uma dívida. Coisa de longa data — confessou Senhor Benedictus. Pico se curvava para a frente, cutucando as unhas. — Nada que interesse a você. Talvez eu precise de algumas dessas joias, um empréstimo.

Pico assentiu sem hesitação.

A lembrança era clara como uma esmeralda. Acabaram-se as bijuterias, e ele não possuía mais nada que pudesse ser destruído. *O segundo ataque a meus nervos*, pensou Senhor Benedictus, *e o dia está longe de terminar*. Esperava pagar uma dívida antiga com o primo deputado, que vinha lhe cobrando. Nem queria imaginar a possibilidade de ficar à mercê dum herege daqueles.

Quem, então?

Quais os elos da corrente? Ele, Pico, e Marcondes, também conhecido como Crocodilo... Não sabia do grau de envolvimento de Adolfo Matias, nem do tal do Rodrigo Júnior, que lhe visitara mais cedo — parecia-lhe que tinha chegado aos seus ouvidos o nome do informante na joalheria, mas não se interessou no momento apropriado.

Estava perdendo o controle, como o leopardo de suas histórias italianas, o leopardo febril e feroz, e nem por isso menos fugaz que todos os seres fracos, humildes e covardes. *A besta que enfia os dentes numa lebre não é por isso menos etérea.*

Não, aquela era uma estrada que não desejava percorrer, e mesmo assim, mesmo que virasse de costas para ela e seguisse na direção oposta, era exatamente para lá que ia, sempre no mesmo sentido, como se jamais deixasse de mirar o mesmo poente no horizonte. Não podia mais. Aqueles eram seus últimos problemas. Haveria de partir para sempre — gozar em outras terras a fortuna que construiu. Fugir, para sempre fugir!

Pico jazia de pé, estático como uma tumba de cimento. Os olhos fixos em sua direção, porém vazios, sem de fato observarem coisa alguma. Podia-se dizer que estava cego de terror. Não, não era Pico o culpado — Pico não tivera tempo, Pico o idolatrava.

Obviamente, se foi ele quem lhe veio com propostas certeiras, ele que haveria de cuidar de acalentar aquela tormenta de fezes prestes a desabar sobre suas cabeças. Era o momento de escancarar os portões de ferro que impediam o seu inferno interior de explodir, e libertar para o lodaçal infame da realidade todas as feras famintas, viscosas e ululantes que habitavam sua mente.

Pico, por sua vez, tentava não pensar no assunto. Fez o gesto de limpar aqueles pedaços de vidro e plástico espalhados em meio a todos os santos cegos e manetas, mas não podia fazer nada enquanto o seu chefe estivesse ali. Senhor Benedictus ordenou que ele se aproximasse, em vez disso.

— Escuta bem o que vou te dizer: você tem até meia-noite para encontrar quem fez isso, está me entendendo bem? Quer que eu fale em sua língua? Fino a mezzanotte! Hai capito bene? Mezzanotte. Meia--noite de hoje. Quando chegar em minha casa, desejo dormir com a consciência tranquila, porque não vai ter mais ninguém rindo com os dentes brilhando às minhas custas — e ele arreganhava os próprios dentes —, dentes podres, dentes sujos de uísque escocês. Entende? Preciso explicar melhor? Senza denti sporchi. Prefiro acreditar que o responsável por isso não esteja em meu círculo de conhecidos. Prefiro pensar que partiu de fora. Por isso escute: não é pelo dinheiro, mas pelo respeito. Não quero saber quem é — afirmou o homem de Deus —, quero apenas o que é de meu direito, e que me faça saber que esse desgraçado não está rindo de seus atos pecaminosos, exibindo seus dentes avantajados e jogando as minhas joias para cima. Não. É proibido rir da ruína do Senhor.

Pico entendeu muito bem; com excelência, até melhor do que aquele próprio que o proferira. Pico tinha intenções.

Certos rancores devem fugir de suas gaiolas. Senhor Benedictus precisava de um respiro. Ele se levantou como um imperador em seu primeiro discurso e puxou da estante um volume marrom e pesado. Um antigo manual de torturas com ilustrações coloridas. Irado, folheou as páginas como quem conclui uma vingança havia muito esperada. O torturador medieval, como um sapateiro com suas colas e espátulas, tinha à sua disposição geringonças desenvolvidas com gênio, engenhocas que não deviam nada à imprensa ou à locomotiva, apenas para que um homem numa capa preta pudesse exercer seu ofício com eficiência. Martelos, molas, barras, suportes firmes e pontiagudos feitos sob medida para que ele, cuidadosamente, pudesse espatifar ossos específicos, rasgar órgãos à sua preferência, destrinchar músculos vivos como uma menina debulha uma espiga de milho, e com esmero o suficiente para manter intacta a consciência de suas cobaias. Após impressa em livro, metamorfoseada em mero relato ilustrado, a tortura se tornava cultura. Sofrimento é História. Senhor Benedictus lia sobre o balcão de estiramento, a mesa de evisceração, a pera, mas na ciência do sofrimento, nenhum europeu medieval superou os persas, que inventaram o escafismo:

> Tomam-se dois recipientes vazios e ocos, semelhantes ao coxo, onde bebem os animais, e iguais em tamanho; dentro de um coloca-se a pessoa que vai ser supliciada, deixando fora, por orifícios, a cabeça, os pés e as mãos: o resto do corpo fica encoberto e escondido, dentro, pelo outro que vai por cima. Dá-se-lhe de comer e se ele se recusar, obrigam-no à força, picando-lhe os olhos com uma sovela: depois que ele comeu, dá-se-lhe de beber mel destemperado com leite, e derramam-lhe não somente pela boca, mas pelo rosto todo, de modo que o sol lhe bate sempre dentro dos olhos: o rosto então estará coberto de moscas, e fazendo, dentro dos coxos, todas as necessidades que o homem comendo e bebendo deve fazer, ele chega a produzir podridão e decomposição em suas fezes e os vermes então lhe começam a roer o corpo até as partes mais nobres: quando veem que o paciente está morto, removem o

> coxo de cima, e sua carne está toda devorada, pelos vermes que dele mesmo se geraram, até às entranhas. Mitrídates, depois de ter agonizado durante seis dias ou sete, nesse miserável estado, finalmente morreu entre dores atrozes.

O livro não indicava quem havia traduzido este trecho da *Vida de Artaxerxes*, de Plutarco, mas outras versões anunciam um inverossímil sofrimento de dezessete dias. *O horror passado se transforma em curiosos artefatos de museu, em anedotas que adolescentes bem informados contam uns aos outros para chamar a atenção.* Senhor Benedictus esboçou uma gargalhada histérica, estridente, infantil, como o artista celestial havia feito antes com a imagem da cidade, ao alvorecer: um ou dois traços de grafite negro lhe esticava o canto da boca, uns pingos de aquarela escura abriam seus lábios à força, traços de pincel, um pouco de amarelo, entre o pêssego e o branco, e ela ia tomando forma, até que o óleo vermelho arregaçava seu maxilar, refletindo seu humor interior. Pelas texturas externas toda uma história escondida dos interiores, uma elevação, e por fim a revelação: não estava contente, mas sua ira fora aplacada.

Simplesmente não pensava mais no golpe que haviam dado nele, como se a raiva estivesse presa àquelas pedrinhas que ele quebrara fazia poucos instantes. Finda a última, escapuliu-se pelo ar, como vapor, quando a porta se abriu para a saída de Pico. Senhor Benedictus, por sua vez, fugia por uma passagem secreta nos fundos do gabinete.

Pico ignorava como Senhor Benedictus executava suas entradas e saídas furtivas. Às vezes acontecia de chegar mais cedo, ou de passar a noite à sua espera, e se deparar com ele lá dentro, conferindo um daqueles catálogos, sem que tivesse passado pela porta. O ingênuo malandro explicava esses eventos para si mesmo, crendo que o patrão tivesse passado a noite lá devido a uma insônia severa, ou que ele estivesse cochilando durante a entrada de seu senhor. Não pensava muito no assunto, na verdade.

Ao Senhor Benedictus, por outro lado, sair e entrar eram questões de suma importância. Ele mesmo desenhou e vistoriou a construção de seu ambiente, das estantes aos espaços vazios, da iluminação à instalação do som; trabalho sempre realizado por mãos que se alternavam.

E no final das contas, seu gabinete era um dos motivos que o seguravam naquela cidade diabólica em que tinha que ficar cara a cara com o Dito Cujo tantas vezes por dia. Custou-lhe demais montar um santuário secreto, para que o deixasse nos dentes dos ratos que tomavam conta da cidade. No entanto, naquele começo de tarde, cogitava deixar tudo para trás e fugir, para sempre fugir.

Porém jamais poderia executar uma fuga enquanto não pagasse a dívida financeira que tinha com seu primo, que morava na Barra.

Ele seguiu por um corredor azulejado, com iluminação simples, contrastante à sua sala de antiguidades, pois não era nada demais, até o *bunker* revestido em ferro, preparado para o apocalipse. Em baús, estavam equipamentos básicos de enfermagem. Também alimentos, edições populares de clássicos, produtos de higiene e roupas simples. Como na biblioteca, não se percebia a porta secreta pela qual ele acabava de passar, cujo botão interno se escondia num dos pesados baús. Não exatamente do outro lado da sala, a porta de seu elevador particular abria-se como um par de pernas.

A descida era rústica. No entanto, como um homem que mergulhava nos rios de Heráclito, ele não era o mesmo quando saía dali. Pegou algumas roupas no banco de trás da Mercedes e acrescentou à sua aparência uma boina xadrez da cor de avelã, estilo reservado às suas visitas ao primo deputado.

Começou a avançar no carro pelo mesmo caminho que Pico havia feito para almoçar. A chuva havia parado, tão repentinamente quanto ao começar a cair. Subiu para a ladeira dos Aflitos, passou rapidamente pela Praça do Campo Grande, e tentou ver o monumento aos heróis da independência. No topo do obelisco, um obscuro caboclo bancava um Napoleão Tupiniquim. Oito postes de ferro, com luminárias redondas, brancas, sustentados sobre cascos de tartarugas. Uma árvore gigantesca expunha as raízes fortes como veias em um líder guerrilheiro. Ele não sabia muita coisa sobre o mundo das plantas. Um pequeno grupo de jovens com penteados horrorosos fazia um barulho tremendo. Reivindicavam com ferocidade, urrando, cantando músicas simplórias, levantando placas coloridas e fumando uma asquerosa montanha de cigarros.

Havia um engarrafamento fora de horário na boca do Corredor da Vitória. Eles aconteciam em todos os lugares, bastando para isso um mínimo evento inesperado. Dessa vez, a força-motor foi um caminhão que colhia os entulhos de uma reforma, logo no começo do Corredor. A poeira concentrada caía do caminhão em gotas amarelas, lentamente, e em seguida estourava no chão, como cocô de pombo. Assim que o ultrapassou, o carro voltou a andar em sua velocidade normal.

Senhor Benedictus ia devagar, mas o sedã azul-marinho que o seguia não tentava ultrapassá-lo, apesar de haver espaço. Tentava observar ao máximo, enquanto dirigia. O asfalto praticamente dividia o estilo arquitetônico do Corredor da Vitória. De seu lado esquerdo, em geral, as construções antigas. Do direito, virado para o mar, prédios modernos e espelhados, alguns gigantescos. Agora os arquitetos e engenheiros os planejavam no fundo dos casarões que os precediam, o que para ele era uma boa iniciativa, pois não precisavam mais ser demolidos.

Alguns dos prédios eram bonitos, mas praticamente não podiam ser vistos, uma vez que as copas das tipuanas cobriam todo o céu possível, fazendo sombra o dia inteiro. Apenas uma fresta ou outra deixava escapar a imagem daqueles topos magníficos, que lá do chão lhe causavam vertigem.

O carro seguiu lentamente, e agora não havia mais tanto espaço, por causa dos veículos acumulados. O sedã continuava atrás dele. *Salvador está a ponto de explodir, com tanta gente. Antes que o planeta inteiro faça o mesmo, claro. Não deixa de ser um destino comum.*

Mas Senhor Benedictus não tinha oportunidade de refletir tanto sobre mansardas e edifícios enquanto dirigia. Acaba de perceber que deveria ter gasto mais tempo no belo apartamento que possuía, cujo prédio ele ultrapassava naquele instante.

No Largo da Vitória, em vez de descer a Ladeira da Barra, fez uma curva repentina em direção à Graça. O sedã também se virou naquela direção, com bastante calma. Conhecia aquilo. *Pois que às vezes aqueles que ganham dinheiro têm inimigos sem outros motivos.* Em Salvador, para cada bandido milionário, havia um número incontável de malandros que odiavam os ricos, apesar de trabalharem para aumentar suas fortunas. De um jeito ou de outro, precisava ter certeza. Para lhe perseguirem num carro daqueles, devia se tratar de um inimigo bem remunerado.

Então entrou bruscamente à esquerda, na rua Teixeira Leal, porém ela é do formato de uma ferradura, de modo que novamente ele se viu no mesmo caminho. O sedã não estava à sua frente, como era de se esperar. Havia parado. Recomeçou a andar quando ele voltou ao percurso. Pensou em entrar na rua Flórida, porém de nada adiantaria, uma vez que ela também tinha formato de ferradura. Passou, assim, pelo Palacete das Artes, mas não deu atenção ao belíssimo casarão onde estavam expostas algumas esculturas de Rodin. O sedã vinha logo atrás, tomando toda sua atenção, com a mesma lerdeza insuportável.

No Largo da Graça, encontrou um pequeno engarrafamento, e foi obrigado a parar, com seu inimigo logo ao fundo. Os vidros escuros do automóvel não lhe permitiram vislumbrar qualquer detalhe de seu perseguidor. Talvez devesse parar e atacá-lo de uma vez por todas, acabar com essa agonia. Ou seria melhor abandonar o carro e tentar fugir?

Não era homem de agir com as próprias mãos, nem tinha inteligência cinética para tanto. Um homem de Deus não pode ser atacado em frente a toda essa gente; que sacrilégio! De fato, mas a gente não podia saber. Suas roupas não deixavam claro qual a sua profissão. Todas aquelas pessoas que passavam para lá e para cá pareciam não se importar com o seu drama, e isso de alguma forma lhe parecia errado. Ironicamente, não deixava de lhes dar razão. Apesar de lhes vender a paz de espírito, ele também não se importava com os dramas alheios. Não. Para se dar bem em seu ofício era preciso certo distanciamento.

Quando chegou a hora, deu seta para a direita, anunciando que entraria na rua Oito de Dezembro. Porém, arrancou em linha reta, e seu perseguidor repetiu a façanha. Como o engarrafamento não lhe permitia avançar muito, o sedã o alcançou novamente. Parou no sinal próximo ao Hospital Português, na entrada para a avenida Princesa Isabel. Permaneceu parado, diante do sinal verde.

Todos os outros motoristas enlouqueceram com aquele disparate e, debaixo da tempestade de buzinas, ele não conseguiu discernir se alguma delas vinha do carro que o perseguia. O sinal ficou amarelo e, sem olhar direito, ele desceu a avenida à toda, sem tentar prestar atenção em quem ia ou vinha. Uma senhora semelhante a um botijão enfeitado quase foi atropelada na faixa do hospital, e louvou o homem de Deus com obscenidades inéditas e misteriosas, quem diria, logo a ele, o erudito poliglota, conhecedor de costumes e expressões inusitadas.

Não se importou o bastante para investigar os significados ocultos daquelas palavras ditas com tanto entusiasmo, afinal, eram apenas verbos que já tinham desaparecido no ar, e ele precisava correr. Disparou avenida abaixo, em direção ao Porto da Barra, sem olhar para outra direção que não a sua frente.

Já beirando o mar, se deu conta que o sedã não estava mais em seu encalço, e que existia a possibilidade, muito mais confiável, de que tudo não passasse de uma série de coincidências. Qualquer um, ao pensar nas razões, veria que a suposta perseguição era apenas um desvario de uma mente cansada.

O sol já tinha voltado com tudo e observava como um grande olho vermelho. Apesar de já passar do meio da tarde, aproximando-se da tardinha, o clima contribuía para que uma legião de turistas, ambulantes e desocupados em geral se apinhassem na praia minúscula e atraente. Garotos de calção faziam fila para saltar do estreito píer do Forte de Santa Maria. Dezenas de canoinhas verdes, vermelhas, amarelas e azuis balançavam no mar, como amendoins coloridos num pacotinho de plástico. Existiam somente para aumentar o requinte daquela vista. Parecia funcionar: um milhão de turistas sorridentes, usando roupas curtas, posava para fotos. Até ali, dentro do carro, não estaria desagradável, diante de todas as amendoeiras, não fosse o odor do dendê saturado que exalava da barraca de uma baiana, e que o faria passar mal se não estivesse numa fuga contínua que o fazia voar mais rápido que os fedores.

O Farol da Barra é a esquina da cidade, onde ela deixa o sol para trás e se vira para o Atlântico e a suas genitoras, a África e a Europa. Lá termina a avenida Sete de Setembro, que começa na estátua de Castro Alves, passa pela Piedade, Politeama, Campo Grande, Vitória e Barra, como um longo rio que dá de beber a várias cidades antes de desembocar no mar.

Senhor Benedictus fez o retorno e entrou na rua Almirante Marques de Leão. Após um emaranhado de vielas sombreado por amendoeiras, estacionou ainda assustado, com medo de sair, e preferiu concordar que, definitivamente, não estava sendo seguido.

Ao menos era o que lhe ordenavam sua razão e fé.

Não é porque estava tranquilo que ele não precisava de um tempo para respirar. Corpos bem torneados corriam pela calçada em frente. Homens sem camisa, com músculos perfeitos, usando óculos escuros e ouvindo música pelos últimos *gadgets*, se exercitavam acompanhados de garotas sensuais em roupas mínimas. Realmente *pareciam* felizes.

É proibido ficar triste em Salvador, e deve-se tentar, a qualquer custo, evitá-lo. Talvez aquele fosse o caso. Espíritos como o dele, por outro lado, consideravam impraticável uma vida plena sem o estudo da filosofia, da história, da teologia, e todos esses heróis gregos que marchavam ali, apesar de explicitamente adeptos à estética helênica, não pareciam gostar de qualquer um desses estudos. Um preconceito detestável de sua parte: mas como conviver com seres tão estranhos, como sequer olhar para eles sem praticar o prejulgamento?

Saiu de seu torpor devido a um batuque leve e repentino na janela em que se apoiava. Seu coração palpitou, e ele se abaixou para se desviar do ataque, arrependido por não guardar sua arma num lugar mais acessível.

Era apenas uma fiel que o reconhecera das sessões religiosas que ele comandava. Ali, no mundo externo ao gabinete, se dirigiam ao homem de Deus de forma mais prosaica:

— Pastor Benedito, o que aconteceu? — disse uma mulher atarracada, envolta em um vestido verde-esmeralda comprido e pesado, enquanto ele abaixava o vidro do carro.

— Ah, a senhora... — Ele tentava se lembrar daquele rosto suplicante, apenas mais um entre tantos — A senhora! Hum. A senhora sabe como essa cidade anda perigosa. Cada vez pior.

— Mas Deus ajuda!

— Deus ajuda quem se cuida. Não devemos distrair o Senhor com nossos problemas particulares, há males maiores assolando o mundo.

— É mesmo — concordou ela, com os olhos negros brilhantes, quase cegos. Ele conhecia o tipo. A desconhecida era uma dondoca cujo único ofício era se meter onde não era chamada (e achar que realmente fazia a diferença). — E o que o senhor está fazendo aqui na Barra?

— Resolvendo uns negócios — explicou o homem de Deus, ainda observando os corredores. Inquieto, mexia nos botões do carro; vendo que ela não saía dali, falou qualquer coisa. — Mas e a senhora? Mora em Nazaré, não é? — Era um tiro certeiro, pois só dava seus sermões em seu galpão naquela parte da cidade; logo, sendo ela realmente uma fiel, não poderia conhecê-lo de outro lugar.

— Não, quem mora lá é Tia Conceição. O senhor se lembra dela. Mulher abençoada aquela. Acabei de voltar de lá. Que dia tem culto? Ela me trouxe estes bolinhos, o senhor quer? — Os movimentos contínuos dos braços frágeis do homem de Deus não a impediram de lhe entregar uma sacola de doces ao mesmo tempo esfarelados e pegajosos. Além do mais, ela não interrompeu sua torrente verborrágica. — São de tamarindo. Ó, estão supimpas. — Fez um gesto colando o indicador e o polegar em seus lábios. Senhor Benedictus aceitou o presente, esperando que a mulher fosse embora logo, e os colocou no banco do passageiro — Meu Santo Jesus, o senhor está tão diferente com essa boina e esse cavanhaque, Pastor Benedito!

— Benedictus... Eu sou gente normal. Gente como todo mundo.

— Sim, mas essa boina é muito excêntrica, pra dizer o mínimo.

Por que ainda me preocupo em ser gentil com esse tipo de gente? Eu podia muito bem esmagar a cabeça dessa víbora, antes que ela me dê um bote. E seu sorriso forçado se encarregou do recado, fazendo com que a senhora se despedisse educadamente.

Ele olhou com desgosto para o embrulho em seu banco traseiro: *Como se eu fosse comer doce...* Cutucou o saco de papel como quem verifica se o animal encontrado dentro dele está vivo ou morto.

— Fum, que fedor infernal! Preciso sair daqui.

Os postes já estavam acesos, embora ainda houvesse luz do sol. Senhor Benedictus finalmente abandonou o pequeno veículo que o encarcerava, e percebeu-se preso numa cela maior, diante de um olho que tudo via, onde ele era hipoteticamente vigiado pelos seus fiéis que em nenhuma hipótese podiam flagrá-lo entrando no duvidoso estabelecimento diante de si, e tampouco podia se deixar ser visto por seus inimigos que lá haveriam de encurralá-lo, naquela escada estreita. Em consonância com os postes, luzes vermelhas foram acesas no estabelecimento. Sem medo ou vergonha, uma formosa mulher em roupas sensuais tirou um anel dourado do penúltimo dedo, o do matrimônio sagrado, e o guardou numa bolsa de luxo, antes de entrar pela porta estreita. Senhor Benedictus entrou pela mesma passagem.

“E vocês que me conhecem sabem que eu sou um homem digno — o homem certo, um exemplo para este governo, para o estado, o país, um exemplo para o mundo inteiro! Porque eu sou da Bahia, e a Bahia faz parte de mim e, da mesma maneira, vocês, baianos, fazem parte de meu coração.” A audiência vibrava, enquanto Malaquias fazia um gesto quase maternal. Em seguida derramava um par de lágrimas que, apesar de minúsculas em sua face, tornavam-se maiores que a cabeça de um adulto, quando vistas nos telões que rodeavam o palco. O barulho do público aumentava. Ele esperou a plateia se acalmar. “É zelando por este querido povo baiano que eu zelo por mim, porque minha felicidade é fazer de vocês um povo cada vez mais alegre. Alegre, como vocês são reconhecidos nacional e internacionalmente, e alegre é como eu fico, lutando por um estado cada vez mais democrático.” Urros, palmas, assobios! A audiência extasiada. O político levantou os braços como um herói que volta para casa após vencer uma batalha.

Malaquias, em seu quarto, não parecia tão glorioso quanto na TV. Sua aparência não melhorava, acompanhada de gargalhadas porcinas. Ele dava um *rewind* em “fazem parte de meu coração” e ria de suas lágrimas.

— ...eu merecia um Oscar! — E mais daquela risada estridente e asfixiada.

No vídeo usava um terno marrom e um modelador de cintura, mas no cômodo apertado e escuro ele não fazia questão de disfarçar sua pança ovoide. Os únicos adornos do quarto eram utilitários, peças sem valor cultural ou afetivo. Certificados e homenagens emolduradas, impressas em tons de cinza, digitadas em fontes espalhafatosas; um babilônico computador *desktop*; uma TV ultramoderna; um umidificador de ar; um sofá de pano cor de jambo; uma mesinha de estar; uma mesa de madeira tão bagunçada que não era possível descobrir o que havia em cima dela, entre caixas, embalagens, sacolas, e pilhas de documentos e revistas velhas.

A fim de ficar confortável, Malaquias se sentava apoiando as pernas sobre a mesinha, que estava cheia de embalagens velhas, muitas ainda com os restos dos alimentos que acondicionavam. De roupas, usava somente um *short* de seda.

Estirada no braço do sofá, uma revista pornô continuava adormecida. Do chão, o umidificador empoeirado empurrava forçosamente um vento fraco em sua direção, enquanto ele devorava uma fatia de pizza de calabresa, regando-a com Black Label, e defumando-a com alguns Marlboros. Não usava lenços ou guardanapos, muito menos copo ou cinzeiro.

— Quanto maior a barriga, menor a pica — disse a si mesmo em voz baixa e estapeou a lateral da pança. — Fazer o quê? O importante é funcionar. — Agora ele procurava pelo pênis, entortando o pescoço para baixo. Como se alimentava praticamente deitado, a gordura do lanche brilhava até nos fios que sobraram dos seus cabelos, enquanto o uísque se deixava derramar de seu pescoço até os pelos mais vastos do topo do peito, que já estavam esbranquiçados como galhos cobertos de neve. — Quanto mais gordo... — dava outra grande mordida no pedaço de pizza. — ...mais bonito. — Voltava à gargalhada, sacolejando a pança cabeluda.

Finalmente se enfadou de assistir ao próprio espetáculo. Jogou a borda da pizza na embalagem e apagou o cigarro na massa; levantou-se, colocou um terno nos braços, sem se limpar, e ligou de um celular para seu filho Glauber. Um rapaz de vinte anos apareceu pela porta logo depois. Era pálido, frágil e soturno como um poeta romântico europeu. Antes que ele se manifestasse, o inflado político vaticinou:

— Um país sem miséria é um país sem folclore! Em que todas essas pessoas estão pensando? — Passou a abotoar o terno enquanto falava. — Sou um homem das antigas, do tempo que deputado não devia satisfação a ninguém. Agora vêm me falar de "direitos"! "Direitos"! Essa gente nem sabe o que isso quer dizer. — A aparência do homem em terno e seda passava longe do aprazível. — E tem mais. O povo brasileiro só quer saber de putaria. Suruba, máscara de couro, chupar boceta com a boca cheia de pimenta. Esse povo gosta mesmo é de levar dedo no cu enquanto dá lição de moral na internet! Os tempos são outros, meu querido Glauber, e precisamos nos adaptar a eles. — Olhou no relógio. — Meu Deus, já passou das cinco e meia?

O novo assessor pensou ser uma pergunta retórica, dada a obviedade da resposta, e por isso hesitou em responder. Devido à ansiedade de Malaquias, acabou por fazê-lo:

— Sim, seu relógio está certo. Achou que tava mais cedo?

O deputado esbravejou, cuspindo restos de queijo com uísque em sua direção. A uma distância segura, Glauber não foi atingido.

— No meu estabelecimento é sempre noite! — E deu-lhe as costas.

O celular tocou na mesinha, um som cinza, alto como as trombetas de Jericó, agradável nas duas primeiras repetições, e a partir de então insuportável. Glauber olhou para ele enquanto o suíno o agarrava e o observava sem apertar nenhum botão, esperando a música acabar.

Ela ainda durou bastante, e quando finalmente cessou, ele pôs o aparelho no modo silencioso e o largou no sofá.

— Glauber, a coisa tá feia. Todas essas mudanças... Precisamos de fundos para a campanha. Por que as pessoas insistem em querer mudar? — perguntou, irritado. — Não estava bom antes? — Seu filho e assessor nunca sabia quando responder. Dessa vez, porém, não havia pausas retóricas, então era melhor ficar calado. — Todo mundo sempre me conta como era mais feliz antigamente. Eu também era, quando não tinha tanta mudança. Agora a fonte tá secando. — Malaquias falava sem olhar para o interlocutor. — Precisamos apertar quem está devendo para nós, e arrumar uns novos apoios, novas ideias, novos dinheiros. Estou ficando velho, preciso ajeitar um pé de meia...

Acendeu outro cigarro. Aspirava a fumaça como se ela fosse oxigênio. Um inseto passou por cima de sua pizza e ele o retirou com um peteleco. Enquanto fumava, Malaquias observava o garoto. Sempre havia sido desengonçado como um louva-a-deus. Sempre tremia como uma vara verde quando queria dizer alguma coisa, porque não tinha coragem. Era um poltrão, um covarde. Malaquias ameaçava-lhe com pimentas, insetos, cigarros, mas o garoto simplesmente se afastava como uma zebra diante dos leões. Nunca o desafiava e, para piorar, não se interessava nem mesmo por sua herança. Não era fácil lidar com uma pessoa sem ambições e isso era, de certo modo, ameaçador.

— Sim... Meu pai... Hum. Tem um homem aqui querendo entrar, dizendo que te conhece.

Malaquias deixou o cigarro queimar entre seus dedos, sem voltar a fumar.

— Que homem?

— Não conheço — respondeu Glauber de imediato. — Não deixamos entrar. Está bem vestido, mas... Veja aí na câmera.

Malaquias, sóbrio, não acertava usar o sistema de câmeras; bêbado, mal podia usar os próprios olhos. O filho ajudou, e ele percebeu a mancha de um homem bem vestido na tela.

— Um crioulo! Não! Aqui não! — E fez o sinal da cruz. — Fez bem, meu filho; gente desse tipo não entra aqui! De escuro, aqui no BarBaridade, só a noite! Eu não vou deixar essa racinha esculhambar com as minhas mulheres. Não, preto nem pensar. Abre a porta pra um deles, e com um ano eu não tenho mais nada. Ninguém importante vai querer vir aqui de novo!

Glauber se incomodava com a perspectiva de ter de discutir sobre os direitos humanos com a criatura desprezível que diziam ser seu genitor. Compartilhar informações genéticas com ele era, por si, um desgosto colossal.

Malaquias haveria de ser o último a saber sobre seus verdadeiros planos e atividades. De qualquer forma, o garoto não sabia como proceder com o estranho que esperava lá fora. Pela câmera via um homem sério, esguio, mas de ombros largos, unindo com calma, diante de sua boca, as pontas dos dedos. Não passava jamais por sua cabeça tratar mal gratuitamente aquele desconhecido. Ainda assim precisaria dispensá-lo de alguma maneira.

Para sua sorte, o bode velho deu mais uma olhada na telinha e reconheceu o visitante. O sujeito devia dinheiro.

— Oxente, será Benedito? — Olhou mais atentamente. — Porra, caralho! É ele mesmo! Puta que pariu! Mas quase que ia acontecer uma desgraça, vu! Deixa esse negão entrar e trate ele bem, tá me ouvindo, ô Glauber? É meu convidado. Diz ele que é homem de Deus, um monge, padre ou pastor, sei lá, uma frutinha enrustida, então não precisa trazer mulher.

Glauber disfarçou um sorriso, mas bateu a porta com força. Malaquias bufou por suas narinas de leitão. Preferiu entender o ato como uma maneira moderna de ser eficiente, em vez de protesto. Ao tentar pegar a garrafa de uísque sem se levantar, deixou ela cair sobre a embalagem aberta de pizza, que ainda tinha uma fatia de portuguesa, e meia de calabresa — além das bordas e cigarros que ele dispensava por lá.

— Merda! Merda! Merda! — gritou, levantando a garrafa rapidamente. Deu um gole curto e comeu a fatia de pizza batizada. — Hum — pensou em voz alta. — Não é que ficou bom?

Cogitou encharcar a meia fatia de calabresa e ainda baforar seu cigarro nela, de modo a fazer um teste, mas Senhor Benedictus bateu na porta.

— Um momento! — Ele se levantou até a mesa grande e apanhou a calça. Era conveniente para a situação.

Abriu a porta e puxou Senhor Benedictus com um vigoroso aperto de mão.

— Como vai sua criação de cabras?

O habitual cumprimento já causara embaraço ao homem de Deus mais de uma vez. Ainda assim, sempre que possível, ele respondia da mesma maneira, engrossando a voz vacilante.

— Como é útil essa fábula de Cristo!

Forçosamente, ambos riram, como carcarás. Malaquias lhe ofereceu um cigarro, que Senhor Benedictus fumou sem vontade. *Uma roupa adequada ameniza a feiura e realça a beleza, assim como um bom livro disfarça a estupidez e afina a argúcia; mas os belos e os argutos continuarão sendo belos e argutos, mesmo sem seus livros e suas roupas, enquanto os feios e estúpidos, sem isso, somente terão suas carapuças arrancadas, e se mostrarão apenas como o que são: quimeras — e um cérebro despido pode ser bem mais assustador que aquilo que nos atinge os olhos.* Já o uísque o sacerdote negou, alegando que estava tomando remédios. Malaquias achou foi bom, agora poderia matar aquela garrafa sozinho.

Enquanto se acostumava com o cheiro azedo da sala, Senhor Benedictus pensou em todo o sangue derramado em nome da verdade; pensou mais uma vez na idade média, nos seus manuais, nos papas hereges, e que *os canalhas são mais persuasivos que os santos, uma vez que, em vez de convencer por meio da culpa e da condenação, o fazem usando-se das tentações.*

— Você já percebeu como os meninos de hoje em dia são todos uns bundas-moles? — ouviu da boca porcina.

Senhor Benedictus aquiesceu sem pensar no assunto. *A mente humana é o mais completo catálogo de torturas, pois nela também estão as torturas que ainda não existem, e que só serão reveladas com o mantra do ódio. Mas ainda há aquele catálogo ainda mais vasto, ainda mais secreto e misterioso, o dos diversos modos de senti-la, pois sempre há dores que não se deixam mostrar externamente, apesar de mais insuportáveis que aquelas que obrigam os gritos, as lágrimas e os gemidos a saírem de seus escafandros submersos, impossíveis de serem rastreados.* Malaquias era um conversador insistente. Pedia uma resposta mais extensa, uma razão, até para lhe dar tempo de engolir o uísque.

— Qual a grande mudança de lá pra cá, que podemos ver em todo lugar, em nosso dia a dia? — Senhor Benedictus forneceu o que ele desejava.

Como Malaquias não respondeu, o próprio homem de Deus lhe deu a resposta.

— Televisão e internet.

Surpreendendo por aquela resposta como um mágico em aniversários de crianças. Malaquias o obrigou a fumar mais um cigarro.

— Com você falando ficou muito óbvio. Não sei como não pensei nisso antes.

— Um Ovo de Colombo.

— O quê?

— Deixa pra lá. Quero dizer que os meninos passam a vida inteira em frente a uma tela e não aprendem as coisas da vida. Não sabem o que é levantar peso, nunca quebraram um nariz com um murro, nunca venderam nada só com a lábia, nunca queimaram a cara, e até quando tomam sol, é na praia, é cheio de protetor.

— É verdade! — disse Malaquias, com entusiasmo. — O imbecil do Glauber não sabe nem dar o nó nos cadarços direito. Como é que um mongoloide desses vai conseguir arrumar uma namorada que preste?

— Ele já tá com quantos anos?

Mas há, sim, uma sabedoria provinda do inferno. Uma sabedoria cuja relação com a dor não é específica, pois existem aqueles que padecem no céu, e aqueles que não percebem como dor aquilo que lhes lateja logo abaixo da pele; ignorantes que são, nada extraem disso.

Malaquias não respondeu. Olhou para o próprio reflexo na gigantesca televisão. Ele não agia muito diferente, nos últimos tempos. Em Roma faça como os romanos.

Senhor Benedictus se adiantou na cadeira e puxou do bolso traseiro um talão de cheques. Malaquias deixou pingar as últimas gotas em sua garganta, como se fosse uma vacina. Em seguida saltou do sofá. Nem mesmo suas mulheres o excitavam tanto quanto a perspectiva de ganhar dinheiro.

Senhor Benedictus preencheu o retângulo com dígitos vultosos. *Eis um conceito que varia de pessoa para pessoa; uns sofrem com a tortura, outros com o júbilo. Os santos temem o cotidiano dos pecadores; os demônios, a escassez de inspiração. O florentino sofreu com o exílio; eu sofro com minha permanência.*

Malaquias agarrou o cheque e se dirigiu com convicção à sua mesa labiríntica; assim como apenas um nativo consegue andar nas selvas sem ajuda de instrumentos de localização — da mesma forma que seu primo localizaria rapidamente um livro em sua biblioteca, Malaquias conseguia encontrar qualquer coisa na sua megalópole de papel e plástico.

Ele depositou o cheque numa caixa específica (e Senhor Benedictus deduziu que, afinal de contas, aquela bagunça era *intencional*) e retornou com uma caixinha minúscula, feia, de plástico, nas mãos.

— Material de primeira. — Ao caixinha, aberta, estava cheia de pó. Era de uma alvura tão nítida, tão limpa, que parecia brilhar em contato com a luz; livre dos pacotinhos habituais.

De fato, o homem de Deus reconhecia, era de uma pureza ímpar, mas não entendia o propósito do político. Estava ali para sanar sua consciência; pagar o que devia e se livrar do único homem que lhe metia medo. Naquela altura de sua vida, não pretendia continuar os negócios com ele. Não; não faria mais aquilo, negaria lentamente, para que ficasse claro que não queria mais manter relações com o primo, que sequer era seu parente de sangue. Criados juntos, ele sempre soube que tinha sido adotado pelos Alcântara Cardoso, tradicional família de políticos, porque um casal de assaltantes aposentados o levara para a casa deles como forma de incrementar seu disfarce, antes de cessarem suas atividades. Devido ao nascimento de Malaquias, foram morar num apartamento de luxo não tão longe de onde estavam naquele exato momento. Mas a cor de sua pele parecia escurecer com o passar do tempo (como Dumas Pai, que na infância tinha a pele clara, e na morte era um negro de cabelos crespos) e, se não podiam mais sustentar aquela mentira grotesca, substituíram-na por outra: a de que eram seus tios. O menino herdou o tino para negócios, e aproveitou todas as oportunidades que teve para encher sua mente com tudo o que havia de mais belo e nobre que o dinheiro podia comprar, enquanto o "primo" crescia cada vez mais gordo, mimado, ignorante e preguiçoso. Quando as maracutaias do pai e a cumplicidade da mãe foram descobertas, teve que cuidar do pequeno suíno até que o coitado pudesse se virar sozinho. Por sorte, o riquinho tinha certo charme e boas relações, de modo que se virou até bem, em comparação com o previsto. Senhor Benedictus se aproveitou disso para se afastar do suíno, rodar mundo. Jamais soube suas origens. Alguns anos depois, quando já voltava à terra que o pariu, devido ao seu ramo de negócios, precisou retornar à convivência, ainda que parca, com o parente de criação. Senhor Benedictus temia uma retaliação daquele porco diabólico por abandoná-lo na juventude, mas, por incrível que parecesse, o "primo" parecia gostar dele. Ainda assim, Senhor Benedictus achava que as reações não seriam melhores se ele descobrisse que não eram parentes de sangue.

— Vamos, Benedito, pelos nossos velhos tempos!

A recusa não era difícil.

— Hoje não, Malaquias. Estou tomando remédio, lembra?

— Então tá. Sobra mais pra mim. — Despejou o pó na embalagem de pizza, com o telefone na mão, pronto para chamar uma de suas mulheres.

Antes de sair daquela alcova, Senhor Benedictus olhou para ele com piedade: o animal tremia como um cão raivoso, com os olhos virados, uma espuma grossa, amarela, escura como a garrafa de uísque derrubada no chão, lhe escapava pela boca. Talvez tivesse cheirado pela última vez.

Os jovens ignoram os velhos; os velhos desprezam os jovens: a inveja é mútua. Experiência *versus* energia.

Após sair do quarto, diante da porta pesada, Senhor Benedictus trocou com Glauber um inexplicável olhar de mútua compreensão. Apesar do raro convívio, imaginava a rotina dura daquele rapaz sensível, filho de um porco daquele calibre. O bar estava iluminado por luzes vermelhas e roxas, embaçado por fumaça artificial, como a lembrança de uma bebedeira qualquer. Algumas mulheres fingiam beber do álcool, para extorquir um jovem de cavanhaque. Glauber o conduziu com um silêncio respeitoso até a saída, a porta da escada estreita.

Não demorou muito e as mulheres começaram um escarcéu, logo acima. Os seguranças gritaram, e o garoto permitiu que ele fosse embora. Antes de sair, o homem de Deus lhe deu um conselho misterioso.

— Nunca venda o pão de sua própria mesa, e nunca consuma do trigo separado para seus clientes.

Os helênicos atletas estavam voltando da orla devagar, encharcados de suor, com suas roupas leves coladas nas pernas e bustos. Desviando dos pés dos passantes, as baratas faziam a festa em um bueiro coberto por sacos de lixo. Senhor Benedictus também desviou delas e entrou na Mercedes. O cheiro do doce de tamarindo empestava seu interior, e ele já sentia saudades do dendê saturado que ao menos vinha de fora. Jogou o saco com o doce na direção das baratas, mas ele caiu antes, se esparramando pelo chão. Nem assim o carro deixou de feder.

Em seu celular havia um grande número de ligações perdidas. Ele não escorregou o dedo na tela para verificar todas elas. Apesar de números estranhos terem lhe ligado, havia apenas uma mensagem que merecia atenção. Pico havia enviado fazia pouco tempo:

ap vitoria

Sua barriga emitiu um ruído suspeito. Um único cigarro podia destruir seu estômago. Precisava de água, urgentemente, mas preferia sair dali o quanto antes.

Fugiu do labirinto da Barra como Teseu do Minotauro. Depois do emaranhado de ruas, voltou ao Farol, onde outras pessoas faziam exercício no espaço aberto que havia em frente. Novamente na Avenida Sete, onde ocorria tudo de importante na cidade, em direção ao Porto da Barra, que era bem mais agradável pela noite, um grande grupo de jovens descia a calçada pela escada de degraus largos, sujos de areia. Alguns deles seguravam violões ou garrafas de cachaça das mais baratas, e provavelmente passariam a noite inteira brincando na praia. Os barquinhos ancorados não se destacavam com a facilidade de uma tarde ensolarada, pois as tinturas verdes, vermelhas, amarelas e azuis, ainda que sem nenhuma mudança em sua constituição física, se misturavam com a singular coloração do anoitecer. O luar transformava a água do mar numa vacilante plataforma de vidro que se estilhaçava ao se chocar com os esponjosos pedregulhos de ébano que sustentavam os fortes; estilhaços marítimos para sempre se recompondo e remodelando a obra maior que era a linha do horizonte.

E o sol inclemente já se despedira da terra. Apesar de castigar Salvador, era ele quem protegia seus cidadãos dos seres sem forma que se moviam à procura de vítimas. À noite, estavam todos soltos naquele mundo sem norte. Ratos que desabrocham com a escuridão e perambulam pelas sombras como zumbis, à procura de qualquer objeto em que possam enfiar suas garras. Cuidado, quem anda a pé sozinho; cuidado, quem não tem nada para oferecer em troca de sua pele; cuidado, quem abandonou o seu veículo a algumas quadras. Esses fortes não possuem canhões.

Um Jipe branco, novinho em folha, andava atrás da Mercedes, sem reclamar de sua lerdeza.

Se livrar da paranoia por si mesmo era possível, tanto quanto ignorar a presença de um objeto quando se tem por ele uma paixão devastadora, ou se lembrar de se esquecer de uma memória. Senhor Benedictus forçava seus neurônios a percorrerem outras estradas, mas não conseguia se concentrar em seus mapas mentais. Pensava no cronômetro que até então podia estar desaparecido, em mãos ainda mais bárbaras que a do joalheiro, apesar de praticamente clamar para tê-lo como dono. Poderia ser considerado culpado, mesmo tendo recebido apenas bugigangas de vidro? E o Jipe dos infernos se recusava a ultrapassá-lo, ainda que houvesse um espaço que nenhum outro motorista na cidade inteira lhe concederia.

Era preciso fugir, para sempre fugir! Amava a cidade, mas depois de um dia como aquele, ficaria grato se o governador ou qualquer outro afortunado mirasse os canhões de todos os fortes para a cidade e acabasse com toda aquela miséria. Não seria a primeira vez que os cadáveres dos bombardeios daqueles canhões apareceriam naquele mesmo porto, inchados, carcomidos, esbagaçados, em meio aos banhistas.

O Jipe subiu a Ladeira da Barra atrás da Mercedes.

Senhor Benedictus detestava as linhas ordinárias da Igreja de Santo Antônio da Barra, antigo reduto de uma irmandade de traficantes de escravos. Andava devagar e adentrava aos poucos o Corredor da Vitória.

Quando estava a poucos metros da entrada de seu prédio, um Ford Ka vermelho parou em sua frente. A monótona latunia das buzinas não chegou aos seus ouvidos, pois ele estava focado no retrovisor. Não havia o que fazer. Ele puxou a trava de mão. O Jipe estacionou ao fundo do seu, de modo que sua Mercedes ficou presa entre ele e o carro da frente.

Antes que se desse conta, um brutamontes, vindo do nada, quebrou o vidro da janela direita e entrou em seu carro, lhe apontando um trabuco.

— Fedor da peste! Que cheiro é este?

Senhor Benedictus não respondeu. O grandalhão tinha um queixo quadrado, a barba cheia, mas bem feita, e cheirava a perfume sofisticado: leve, mas não adocicado; forte, mas não irritante. Discursava como se tivesse ensaiado, com um sotaque que lhe pareceu do Pernambuco ou de Alagoas.

— Olá, Benedictus. — Deu uma balançada na arma. — Eu não quero te causar nenhum mal, mas tenho metas a serem cumpridas ainda hoje. Se o senhor cooperar, será melhor para nós dois. Quando for possível, saia deste trânsito miserável. Conheci seu amigo italiano, o baixinho, e sei que o senhor está autorizado a fazer transferências ilimitadas. Qual o banco de sua preferência?

Resignado, Senhor Benedictus nada disse. Quando o Ka avançou em sua frente, ele seguiu o mesmo percurso em que, mais cedo, fugia do sedã azul-marinho. Talvez fosse hora de aprender a diferença entre paranoia e realidade.

Não fazia muitas décadas, a Graça fora um bairro quente e insuportável, pois as tipuanas ainda não haviam crescido. Quarenta anos depois, atrás de cada árvore havia um facínora com os dentes sujos de sangue, mas o ar era agradável. O homem de Deus evitou olhar para o sujeito ao seu lado, terminando de quebrar o vidro com o braço livre.

— Misericórdia! Não estava aguentando este fedor! O banco está melado. Sou um simples lenhador, mas gosto de limpeza.

Criticando sua higiene impecável! Um lenhador! Senhor Benedictus ainda não tinha olhado para o lado, por isso não viu que o homem usava camisas de linho xadrez, jeans e botas de couro.

O Palacete das Artes agora estava iluminado com holofotes de luzes róseas e verdes. Ao ar livre, elas eram bem mais atraentes que confinadas nas paredes de uma boate. Passaram por uma unidade policial, mas o bandido não se preocupou, pois sabia o que o homem de Deus tinha o que temer.

— Escuta — afirmou o Senhor Benedictus. — Não sei se estou com meus cartões.

— Não está com os cartões?

No Largo da Graça havia uma Caixa Econômica Federal e um Banco do Brasil, e ele nem sabia em qual das suas contas tinha menos dinheiro. O ideal seria que ambas permanecessem intactas.

— Se você quiser, eu posso te dar qualquer coisa — disse, no mesmo tom de súplica com que era recebido por seus fiéis que tanto detestava. — Aqui! — gritou com inspiração, dando um tapa forte no volante, sem buzinar. — Por que você não fica com a minha Mercedes?

— Se o senhor não está com os cartões, esse caminho está errado. Nós vamos até onde eles estão.

— Mas... Esta Mercedes...

— Na sua casa?

O lar era sagrado e inviolável. Senhor Benedictus fez sinal de puxar algo do bolso.

— Epa, epa, epa! — exclamou o lenhador, agitando a arma para cima e para baixo.

Era apenas uma carteira. O sequestrador não se interessou pelas cédulas graúdas que estavam nela, e apenas conferiu os cartões, antes de devolver ao dono.

— Vamos na agência da Graça mesmo.

Como um milagre inoportuno, no exato momento em que eles chegaram, um carro liberou a vaga de estacionamento. Do lado de fora da agência, um casal de idosos descia lentamente os pequenos degraus que dão acesso à porta de entrada, ladeando a mureta de hera que separa a construção do banco e um pequenino edifício residencial. Por outro milagre mal quisto, os caixas estavam todos vazios, e o bandido o obrigou a tirar o saldo de sua conta e em seguida a transferir uma pequena fração daquele belo número para a dele. Felizmente, o número foi menor que o temido pelo Senhor Benedictus.

— Veja bem, não quero causar problemas. Só peguei a quantia descrita por meu cliente, que alega ter feito um serviço em parceria com o senhor recentemente. O senhor me parece um homem honesto, mas estou de mãos atadas: me cabe apenas cumprir com minha palavra. Aquela conta é minha, e passarei o dinheiro diretamente ao esse cliente, de modo que tudo fique anônimo. Como você vê, eu poderia pegar muito mais, poderia até pegar os seus dados, porém não é assim que trabalho. Não gosto do que pertence aos outros. Se o senhor decidir, sei que não será difícil me encontrar a partir do número de minha conta; sugiro que não faça isso. Agora peço que vá, pois tenho outras operações a executar ainda esta noite.

O homem escondeu a arma na calça, por debaixo da camisa jeca, e foi embora a pé, assobiando a melodia de "Lamento Sertanejo".

Senhor Benedictus seguiu devagar, um tanto desnorteado, pela rua Euclides da Cunha. Adiante, uma menina magricela de tranças se jogou na frente de um carro, mas foi agarrada pela mãe antes que acontecesse mais uma tragédia. Quando ele passou pela dupla, viu a mãe, fornida como um peru de natal, enrolada num vestido roxo e florido, deferir uma palmada na mão da menina antes de agarrá-la pela mesma mão novamente.

Aliviado por escapar ileso dos dois incidentes, Senhor Benedictus decidiu ir embora naquela mesma semana. Ou poderia partir direto ao aeroporto, dali mesmo, e não voltar nunca mais. Deixaria tudo para trás, seu Zacarias, sua águia empalhada, suas iluminuras, seus santos manetas, sua biblioteca.

Ao fim da rua, já havia desistido da ideia. Ligou o rádio e o GPS do carro para descobrir onde estava menos engarrafado, a fim de voltar pra casa. O celular não tinha nenhuma chamada perdida ou novos recados de Pico.

Para ajudar, o rádio anunciava que a manifestação no Campo Grande, embora pequena, continuava.

— Cadê o excomungado daquele anão?

Quando entrou em seu prédio, o porteiro lhe entregou um pacote bem lacrado, que ele fez questão de verificar somente após passar da porta do apartamento. Seu lar era bem mais espaçoso que o gabinete, mas sem nenhum ornamento reconfortante. Parecia mais o aconchego de um designer, ainda que sem móveis ou objetos de arte pós-modernos. Tudo era branco, como numa sala de espera, os móveis e aparelhos eletrônicos eram escassos. Na sala, um sofá grande, retangular, e nenhuma TV. Realmente, não se tratava de um lar — a não ser pelo condomínio caro.

Abriu o papel do pacote. Numa tira de papel branco, enfim uma mensagem do italiano: *Sed nomini tuo da gloriam.* Então ele abriu o pacotinho de lã principal.

Ao apanhar o primeiro dente, ainda melado de sangue, se assustou. Talvez tivesse sido mal interpretado. Ao pegar o segundo dente, ponderou o poder negativo das suas palavras. No terceiro, se lembrou das palavras exatas; *senza denti sporchi*: um sorriso literalmente arrancado com um alicate qualquer. Segurando aqueles dentes, pensou no Crocodilo banguela. Eram seus aqueles dentes grandes e pontudos. Com cinco, seis ou sete a menos, haveria de estar feio. Dez, onze, uma dúzia; quantos dentes existiam numa boca?

Não importava mais quem havia lhe passado para trás. Uma injustiça havia sido cometida. Onde estavam os outros envolvidos? Como as coisas podem mudar no decurso de um dia... Enervado com o acontecimento, o Senhor Benedictus derramou todos os dentes no chão, e se ajoelhou sobre os ossinhos perfurantes.

Assim como muitos que numa sociedade prostituta se escondem sob o santo véu da moralidade, como muitos que só mostram as suas faces diabólicas à noite, o *homem de Deus* também tinha um segredo profundo, segredo esse, que só se revelava a ele naquele momento, estando a sós com sua consciência, a sós com o Pai. Ele mesmo: finalmente descobria quem era o verdadeiro bárbaro, um predador, um monstro, o vil dos vis, finalmente descobria onde o demônio escavara sua morada, antes de suas calças se desfiarem e de seus joelhos pintarem de púrpura os impecáveis rejuntes dos azulejos alvos e puros que os sustentava. Ele.

PRESER-
VAÇÃO

This is the self-preservation society.
[Esta é a sociedade da auto-preservação.]
Getta Bloomin' Move On!, Quincy Jones

Lerdo, míope, sonolento, Ernesto não se deu conta da tragédia que ajudara a arquitetar. A manhã se despedaçava como um rolo de papel higiênico próximo do fim. Seu quarto continuava escuro, com duas cortinas de lona fechando as entradas de luz. Sua paisagem era a de uma parede, como a vista de Bartleby. Não gostava do risco de ser filmado por algum de seus vizinhos. Os primeiros focos de luz que alcançavam a retina eram os de seu laptop, e entre infinitas sequências de letras, palavras, frases que o mundo tinha a lhe mostrar, nenhuma exigia muito de suas sinapses elétricas. Um *fake* idiota havia comentado palavras vulgares em seu mural, dito que ele era um crítico frustrado que só abria a boca para humilhar, se vangloriar, ou levar vantagem sobre seus interlocutores. Uma frase musical ressoava à distância, no fundo de seus pensamentos, sobrevivendo aos seus sonhos desfiados como um naco de carne seca. Quatro notas curtas, uma mais longa — fúria. Nenhuma palavra. Então uma notícia promissora.

O sono diuturno é nocivo à mente, mas e se, justamente nesse período enevoado, entre devaneios, mortes e reflexões, a garota que seria uma boa mãe descobrir que dará luz a um monstro, uma criatura vil que só causará dores a ela e a qualquer ser vivo que se atrever a se aproximar o bastante, uma besta sem emoções, que pelo ar seria capaz de contaminar o mundo com miséria, convencendo outros infelizes a participarem de seu festim, comandando nações numa valsa perversa e surreal, se ela tivesse certeza de tudo isso, daria uma chance ao pequeno anticristo?

Se um anjo revelador descesse ao mundo, qual Deus a Abraão, e, afastando as espessas névoas de Morfeu, alertasse-a com palavras claras sobre as atrocidades que eternizariam o seu filho, o igualando aos facínoras romanos, ao grande ditador alemão, aos psicopatas americanos, por que não abortar tais fardos do mundo, ainda que para isso precisasse arriscar sua própria existência? Por que não fazer o bem, quando essa é a atitude mais fácil a ser tomada, quando a recompensa é maior que o infortúnio? Lembremos que todos os malditos provieram de um ventre materno; por que não se livrar de um monstro enquanto ainda não houver memórias de seu sorriso maligno? Haverá quem explique o ignóbil amor das mães?

Será porque ela acredita no bem do mundo? Ela tem esperança na bondade das pessoas, ela crê sinceramente que conduzirá o infante por bons caminhos. Para ela, maior vileza é o aborto, não permitir que o fedelho sequer tente. Assim encontra uma razão lógica para que o anjo não tenha sido mais que uma ilusão; talvez um ardil do diabo, talvez um teste divino, como aquele realizado com o patriarca Abraão e seu filho Isaac.

Assim o monstro vive, protegido pelos dedos incansáveis da Fortuna, senhora do fugaz reino das possibilidades, que desvanece a cada decisão tomada e, como o universo, se dilata exatamente por isso, pois a destruição é uma forma de erigir palácios; um lugar etéreo, em que nada é improvável o bastante que não possa ser arriscado.

Assim a profecia se cumpre. Eis uma questão a ser resolvida o quanto antes.

Ouvia-se com clareza os ruídos da cidade, à distância — murmúrios de automóveis e de gritos aleatórios — na mesa em que a família de Ernesto S. Costa fazia suas refeições. Ao meio-dia, geralmente sem o pai, que preferia trabalhar na joalheria. No jantar, sem o filho, que trocava a companhia dos parentes por petiscos improvisados em mesas de estranhos.

Os Costa tinham uma bela sala de jantar, com cadeiras confortáveis, iluminada por um exuberante lustre de cristal. Louça de porcelana branca, reluzente, como se estivesse pronta para ser usada por uma autoridade, porém, sempre guardada no vistoso armário de carvalho. E os homens da casa geralmente preferiam comer na cozinha apertada, onde ninguém podia proibir a instalação de uma televisão, ainda que pequena. Discovery Channel, HBO, canais de esportes. A mãe, elemento de interseção nas refeições, era quem mais notava os ruídos estrangeiros que invadiam seu lar; detestava assistir TV, ainda mais durante uma refeição.

Moravam os três, pai, mãe e filho, num apartamento confortável na parte plana da Barra. A rua era relativamente quieta, ilustrada por algumas amendoeiras e ipês, a um quarteirão da praia. A simples presença das árvores na rua, junto com suas samambaias, cactos e flores, deixava o ambiente mais aprazível — acreditava Mariana —, mas mesmo que não existissem, o casal não cogitaria se mudar dali. A única coisa que às vezes a incomodava, como uma espécie de coceira mental, era que Ernesto não ficava mais tempo em sua companhia, tampouco se mudava logo de uma vez por todas, haja visto que tanto a evitava.

Tecnicamente, ele já era um adulto, mas psicologicamente não passava de um garoto crescido. "Um garoto bastante tolo", de acordo com as conversas de cabeceira dos pais. Não tolo o bastante para ser tratado como estúpido (pois teve boa educação), ou que sofresse por falta de interação com o mundo real (pois lhe ocorria exatamente o inverso), mas ainda assim, um tolo. Era geracional. Filho único, sua mãe se preocupara com uma possível autoestima baixa do menino, um problema inventado por psicólogos norte-americanos de boa fortuna, e o criou com mimos e loas imerecidas. Nessa época, moravam no mesmo apartamento, mas o azulejo da cozinha, ao contrário do branco atual, era um mosaico de floreios em finas linhas verdes e amarelas sobre um fundo bege.

Certa noite, quando Ernesto estava na faixa dos cinco anos de idade e ainda era obrigado a jantar com a família todos os dias, o guri implicou que o prato de seu pai era melhor.

— Mas, meu filho, estes pratos foram comprados juntos. São todos iguais — explicou Mariana, batendo com a dobra dos dedos em seu próprio prato, ainda vazio.

— A comida de meu prato não é a mesma coisa. — Ernesto fazia cara de nojo.

— Larga de conversa e come logo. Agora! — ordenou o pai, aumentando o volume da TV com seu controle remoto (no começo dos anos 90, um objeto relativamente moderno).

Ernesto bateu na sopa com a colher, mas não a levou à boca.

— Amor, deixa o menino ficar com seu prato.

— Mas eu já estou comendo...

Ernesto sorria. Seu pai estava desamparado.

— Pra ver se pelo menos assim ele come — pediu Mariana, usando com o marido o mesmo carinho maternal que quase sempre o transtornava.

— Ele não come porque não quer. A sopa tá uma delícia!

O joalheiro terminou seu jantar sozinho, longe da TV, na mesa mais apropriada de seu lar.

A versão adulta de Ernesto conversava com a namorada à beira-mar, mas a ela o papo era menos notável que o vento morno que brincava com os cabelos clareados do garotão, lançando alguns fios em seus olhos negros. Anna Lívia ria, e ele não entendia, uma vez que estava concentrado em seu problema filosófico, que contava a ela com esmero dramático.

— Sabia que Kubrick montou uma biblioteca sobre Napoleão? Mas não era uma ou outra prateleirinha não. Nada disso. Eu vi num documentário já tem um tempo. Era uma coisa grandiosa: quartos e mais quartos abarrotados de livros sobre ele e as batalhas daquela época. Pelo que eu vi, Napoleão também foi fonte de inspiração para Stendhal, Tolstói, Victor Hugo, Dostoievsky, todo mundo. Os grandes se conhecem. Meu negócio é mais cinema mesmo, por isso nem sei dizer exatamente como foi a inspiração. Mas a questão aqui é: qual o nome do filme que Kubrick fez sobre Napoleão?

Ernesto amava o cinema como os poetas amam as vogais, como os filósofos apreciam os conceitos das palavras sem contexto. Antes que a moça pudesse abrir a boca, ele emendou:

— Não existe.

Havia uma distância respeitável entre os dois; uma barreira de ar, forte como ferro, que ele desejava atravessar e não via por onde. Houvera contato táctil, mas nada profundo; nada perigoso. Entendia que ela precisava de muito espaço, mas o que ele desejava era o mínimo que se podia esperar de um casal. Algo mais que as carícias controladas que trocavam e o faziam querer explodir por dentro. De qualquer modo, ficava ainda mais angustiado quando não estavam em contato, mesmo ali, a menos de dois metros, pois um frágil choque de peles ainda era melhor do que a mera visão da namorada ao seu lado, o que, por sua vez, era melhor que contemplá-la congelada, num monitor, nas péssimas fotos que haviam tirado juntos.

Uma onda mais forte molhava seus pés descalços e os enchia de areia e cloreto de sódio. Ele decidiu se molhar até a cintura, cortando no meio da viagem a trilha de pólvora que queimava em suas veias, correndo do cérebro até seus órgãos mais sensíveis. Intocada por tais ardores, Anna Lívia desejava solo seco.

Levou bons minutos até que Ernesto se desse conta que o vento sempre esteve lá, incomodando, da mesma maneira que demorava a perceber quando sua mãe lhe falava dos problemas do mundo. Ali na praia, ao lado da namorada, não deveria pensar em mais nada; mas o que sua mãe dissera pela manhã não deixava de ecoar em sua mente.

— Seu pai tava perguntando se você não vai fazer um concurso, uma coisa assim... — Mariana montava um sanduíche com patê de frango, queijo gouda, champignon, azeitonas pretas e tomates secos. — Uma garantia, pra caso os filmes não derem certo.

Ernesto não respondeu. Ela lhe ofereceu metade do lanche, mas ele recusou. Estava terminando de ver na TV um programa curto em que diretores relativamente famosos discutiam a distribuição de filmes nacionais. Seria bom para o cinema, para a literatura, pra todo mundo, se os cinemas, locadoras, livrarias, sites, parassem de segregar os artistas brasileiros como uma coisa homogênea — terror, aventura, comédia em um mesmo pacote —, e dividissem suas obras por *conteúdo*, não por *nacionalidade*. De qualquer forma, seu sucesso parecia predestinado, pelo menos em seu ponto de vista. Predestinado muito acima do normal, nas suspeitas de Papá, cuja opinião não estava em alta, já que sempre foi muito desconfiado.

Mariana, por sua vez, na companhia de Ernesto, não deveria pensar em mais nada; mas o que o marido lhe dissera na noite anterior também não deixava de ecoar em sua mente.

— Todos esses filmes estão estragando a cabeça dele! — afirmou o pai, enquanto mordia um misto frio. — A pessoa não pode guiar a vida com algumas bobagens que viu numa tela. — Mariana ouvia consternada, ainda tinha fé nas capacidades do filho. — Enquanto esses caras estão nadando no dinheiro, ele está aqui, vivendo às minhas custas.

Esperou pela aprovação de Mariana, que nada disse.

— Aqui não é a mesma coisa que nos Estados Unidos. O cara tem que fazer um pé de meia antes de se aventurar!

Mariana percebia que ele não falava somente de cinema, mas da própria miséria nacional, que não garante a quase ninguém a prosperidade prometida por seus méritos.

— E agora essa... — reclamou, passando as mãos nos cabelos. — Essa aí que ele chama de namorada...

A mãe nada disse novamente, mas estava do lado de Ernesto. Sentia que Anna Lívia não era apenas mais um dos seus amores de verão, essa terrível estação que na Bahia se alonga por mais da metade do ano.

— Salvador é a desgraça!

Engajado, Moraes gostava de rabeca e de zabumba, a música de seu povo. Era alagoano, e falava disso como se tivesse desperdiçado a infância carregando lenha e sujando a cara numa usina de carvão — apesar de ter gastado dezessete de seus vinte anos em Feira de Santana, quatorze, vendo desenho animado e jogando Mega Drive, e desde então desperdiçando seu tempo baixando pornografia na internet. Sequer conhecia essas músicas antes de entrar pra FACOM ou de comprar um iPod, e parecia muito mais um jamaicano, com aquelas tranças, badulaques e roupas multicoloridas, que um sertanejo genuíno, de quem se esperaria estar sempre sujo de terra e reservado ao couro monocromático dos vaqueiros.

— Eu vejo esses paulistas reclamando do Brasil, achando que a resposta é ir embora do país, "ir pra Miami". Se vivessem em Salvador, então? Só iam ter o suicídio como solução instantânea. O soteropolitano já desistiu da felicidade, isso sim.

Um computador deixava escapar uma marulha calma e ao mesmo tempo perfurante: o disco *Acabou Chorare*, dos Novos Baianos. Ernesto deu uma longa tragada do cigarrinho mal bolado, e começou a tossir.

— Falou o feirense!

Estava num quarto familiar, mas nem se lembrava de quem era. Faltava-lhe a percepção de certos elementos. O cômodo não era bonito, no sentido clássico da palavra, mas pelo que podia ver, tinha lá seu estilo. Os quartos eram todos muito parecidos, ainda mais como estavam agora, iluminados apenas pela luz fosca de um abajur. Na porta de um guarda-roupa envernizado estavam colados pôsteres de bandas que pareciam tocar ao vivo, pois não permaneciam no lugar, e só depois de muito olhar, reconheceu um bonequinho animado do Radiohead, ao lado de algumas mulheres nuas, completamente desconhecidas, que por sua vez desapareciam e dava espaço para uma fotografia em preto e branco de uma fila de crianças atravessando uma rua engarrafada, sobre pavimento de pedras, próximo a uma mansão provavelmente parisiense, a coisa mais bonita do mundo essa imagem, que lhe era familiar como um *déjà vu*. E ele caindo, ininterruptamente, como Alice, sem sair do lugar.

— Ih, lá vem... Passa a bola, cara! — reclamou Moraes, com leve desprezo.

Ernesto fechou os olhos. O baseado passou por Anna Lívia, que fingia não se incomodar com aquele rapaz. Fez questão de entregá-lo intacto. Moraes pegou o cigarro com avidez.

— *Ó paí*! A guria não curte não, é? — Ernesto enlaçou com o braço o pescoço da garota, sem olhar para ela, e continuou a tossir. Moraes fumava com tranquilidade. — Pô, *man*, aí é barril. Você vê a moleca toda cheia dos ferros, tatuada, cabelinho pintado, blusinha do Led, e vem me dizer que ela é careta? — Moraes riu sozinho, pois Anna Lívia se incomodava e Ernesto ainda tossia.

— Deixe ela, bróder — grunhiu, com a voz fraca, tentando disfarçar a irritação.

Anna Lívia não reagiu. Ernesto deu um gole numa Stella Artois.

A vertigem se estabilizou, como se ele finalmente tivesse alcançado o chão (ou o fundo do poço) e a partir de lá não existisse outro objetivo a não ser subir. A imagem da fila de crianças, porra, era do melhor fotógrafo do mundo. O nome não lhe vinha à cabeça imediatamente.

— Eu ia dizer... — sua voz melhorou — que as cidades grandes têm suas vantagens e desvantagens, assim como as cidades pequenas. — Recusou o cigarro que voltava. — Nas grandes, temos acesso a coisas diferentes: universidade, cinema, espetáculos, restaurantes, livrarias decentes, histórias, pessoas com alguma coisa pra dizer.

— Dinheiro... — disse Anna Lívia.

— Dinheiro! Tudo se trata de opções, velho. Você mesmo veio pra cá por isso.

Moraes concordou com um murmúrio, olhando para os lados. Vez ou outra tentava interromper o solilóquio de Ernesto, fazendo sinais amistosos com o polegar, mas era ignorado. Ouviram um engasgo.

Caio tinha cabelinhos de tigela estilo Beatles, eternamente caindo nos olhos claros, e ele vivia assoprando os fiozinhos para cima. A branquidão de sua cara fortalecia a cor dos lábios; estava sempre rosado, suando, passando mal; parecia, de fato, um inglês. Bebia demais, misturava com os beques, praticamente um cataléptico disposto a dormir em qualquer lugar (não era incomum se esquecerem de acordá-lo antes de sair dos bares, boates e baladas mundo afora). Caio geralmente não se manifestava nos debates, e passaria despercebido em qualquer metrópole do mundo. Ambos se viraram para ele, que gorgolejava com os olhos fechados, esticando a mão. Moraes lhe passou o cigarro, e Ernesto continuou a palestra.

— Agora imagine um artista do interior da Bahia. Pra ser reconhecido, tem que expor na capital. Mostrar sua obra pra quem entende e se interessa, pra quem pode ajudar ele depois. Tudo bem que pode ir direto pra São Paulo, o centro de verdade deste país, mas é complicado. Tudo fica mais fácil se ele abrir umas portas antes, em vez de tentar atravessar as paredes.

— Mas o que isso...

— Tem que passar por essas pequenas provações, antes de crescer. Eu sei que hoje tem a internet e tal, e um cara pode ficar famoso sem sair de casa. Só que mesmo assim, mais cedo ou mais tarde, ele vai precisar expor sua obra em algum lugar maior.

As outras imagens ficavam mais claras. Ele conhecia aquilo tudo, mas lhe faltavam as articulações. Um cartaz minimalista de um homem usando chapéu coco, com um olho só, em forma de roda de corda de relógio, sobre um fundo laranja.

Caio passou o baseado de volta pra Ernesto, que deu uma tragada muito leve, disfarçando para que não percebessem. Moraes não viu, pois estava bolando mais um.

— Agora imagine um estado inteiro vindo pra cá. Imagine um planeta inteiro. Aqui vem gente. Esse povo tem o que conversar, man! Tem o que produzir. Foi assim que surgiu a civilização; foi assim que ela evoluiu. Todo mundo indo pra Atenas, pra Roma, pra Londres, Paris, Nova York. — Moraes ofereceu o cigarro mais uma vez, mas Ernesto, dando um gole na cerveja, fingiu não ter visto. — Por outro lado, também vem junto todos os carros, os bandidos, gente lascada, gente que não tem nada a ver, e o caos se instala. A cidade pode ser rica como for que não vai ter condições de suprir as necessidades, e pior, as vontades de tanta gente. Uma cidade como Salvador então...

Moraes se levantou, triunfante.

— Opa! Era isso...

— Calma! Deixa eu terminar! Na cidade pequena ocorre o inverso; paga-se com tédio a vida tranquila. Não tem nada pra fazer.

— Agora eu vou falar...

— E é aí que entra Feira de Santana! — disse Ernesto, aumentando a voz de repente. — Ela consegue reunir tudo o de pior que há em uma e em outra. Lá se paga o tédio com o horror. Tem engarrafamento, poluição, mendigo, bandido pra caralho... E o que mais?

— Mas lá tem... Ei! O que é que tem a ver o cu com as calças? — retrucou Moraes. Ernesto deu de ombros. — Ah, vá se lascar você, porque, além de Feira ser massa, a gente tá falando de *Salvador*!

A outra imagem era mais difícil. Uma pintura famosa. Dourado, colorido, milhões de quadradinhos, círculos, retângulos e espera; era um homem beijando uma mulher... Por algum alemão. Alice crescia. Tudo ficava fácil. Como num ciclo, a queda recomeçava, porém mais fraca. Melhor que paranoia. Moraes insistiu no cigarro a Anna Lívia e foi recusado mais uma vez. Ernesto também recusou. Moraes aproveitou para mudar de assunto.

— Perdeu, playboy, desta vez cê tá fodido! Vai comer quietinho, ó. — Bateu com o dedo direito palma da outra mão.

Visivelmente irritada com o comentário, Anna Lívia saiu do quarto, com a desculpa de ir ao banheiro.

Ernesto não precisava da vitória nessas batalhas de merda. Mas acabava infectado pela vaidade dos conquistadores, de homens que se negam a ouvir vanglórias alheias; pela vaidade dos corpos, dos que andam sempre com um espelho e duplicam sem notar o pedestal em que se sustentam — e com ele o tamanho da queda a que se arriscam. Ernesto muitas vezes sequer concordava com os argumentos que usava, mas insistia neles apenas em nome da vitória. Na verdade, ele não estava nem aí pra Salvador ou Feira de Santana.

Além de luzes no cabelo, ele usava Ray-Ban original, camisa Cavalera no ombro, e exibia uma exuberante tatuagem de leão rugindo, à caça implacável do gado sem dono. Depois que conheceram seus braços, mulheres anônimas trocaram medicina por teatro, fugiram de casa sem avisar e foram pra Chapada Diamantina, desativaram suas redes sociais, espalhando a tristeza entre os internautas.

Uma noite Ernesto vislumbrou sua Dama das Camélias numa festa no Instituto de Geociências em que só estava de passagem. Ventava forte e não havia muitas pessoas. Todo mundo era estranho. Anna Lívia estava quieta, ao lado da entrada. Riu de lado, discretamente, e passou a mão na cabeça, revelando um moicano que os cabelos longos escondiam. Ainda não tinha um nome próprio, mas já o conquistara.

— Salvador é a desgraça mesmo, mas eu não vou aceitar que um alagoano crescido em Feira venha me falar merda — cochichou no ouvido de Anna Lívia quando ela voltou do banheiro. — E se ele dissesse que era um paraíso, eu já tinha meus argumentos também. — As crianças em fila sorriam para ele.

Doisneau!

Após algumas horas o casal estaria no quarto de Ernesto, enfim, sós. Seus pés tocariam o carpete e a vertigem anterior desapareceria por completo. Não seria sequer uma lembrança esfumaçada de uma viagem perigosa. Como nas férias do Sr. Hulot, Anna Lívia finalmente haveria de acender um fósforo dentro daquele depósito de pólvora que compunha os órgãos internos de seu namorado.

Tanta comida era desperdiçada na casa dos magníficos Costa, que uma das alegrias de Mariana era quando Ernesto lhe proporcionava a oportunidade de oferecer merenda aos amigos esfomeados. Enquanto jogavam videogame no quarto, a dedicada mamãe mandava uma moça lhes preparar pequenos sanduíches, *bruschettas*, tortinhas, pãezinhos, patês e sucos, que eram oferecidos pessoalmente aos jovens, numa bandeja de prata, como se ela mesmo tivesse colocado a mão na massa.

Ivete, a verdadeira cozinheira, não tinha coragem de surrupiar uma bic daquele apartamento, sua moral não lhe permitia afanar um produto que ficaria olhando para ela a noite inteira, acusando-a. No entanto, era educada a jamais negar o de comer. Onde houvesse uma torrada disponível, ela tinha por direito devorá-la escondido; levar as sobras para casa, fazer o que bem entendesse. No final das contas, se os Costa levassem em conta cada pedaço de queijo com presunto ali mordido por Ivete, o prejuízo seria menor caso ela se reservasse a carregar para casa uma tonelada de canetas, copos, imãs de geladeira, essas quinquilharias que às vezes as pessoas levam das casas das outras sem perceber.

Os lanches faziam Mariana se sentir caridosa, Mater Soteropolitana, como se apaziguasse dois problemas do mundo: o do desperdício e o da fome. Logicamente, Mariana ficava bastante decepcionada quando encontrava a porta trancada, pois era sua própria autoestima que estava em jogo. Não imaginava o que poderiam estar fazendo, para que recusassem um lanchinho gostoso como o da bandeja em suas mãos (*bruschettas* de pão branco, recheadas com *jamón* ibérico, queijo do reino, azeitonas pretas e manjericão, além de um vidrinho de azeite português, um de patê de fígado de ganso e outro de tomates secos, que estavam separados do lanche, pois nem todo mundo gostava). Sentia-se impedida de bater na porta, para não invadir a privacidade do filho.

— Eu não estou bisbilhotando, eu não estou bisbilhotando — murmurava, como um mantra, enquanto andava de um lado ao outro da porta. Então parava, tentando escutar, louca para colar o ouvido na madeira. O quarto estava trancado desde o começo da tarde e ela não conseguia se livrar de nada do que havia preparado. — Será que estão aí? — Pensou em bater, mas podia escutar a música em inglês que escapava pela porta.

Desde o começo do namoro de Ernesto com a moça, seus amigos passavam cada vez menos tempo no apartamento, e ela chegou a se preocupar, pensando que talvez estivessem brigados. Não se meteu no assunto, pois o próprio Papá via isso como uma boa notícia, razão pela qual ela não teria apoio de ninguém, caso o filho mais uma vez a acusasse de investigar — "espionar", o termo exato usado por ele — sua vida íntima. O quarto de um jovem é o seu mundo, diziam alguns psicólogos, e nisso ela não se intrometia.

Todavia, o pai detestava que Ernesto todos os dias levasse aquela menina para debaixo do teto construído com seu suor e sangue. Talvez o filho estivesse melhor acompanhado com os colegas mal-educados, que certamente não poderiam partir seu coração ou lhe passar alguma doença ou lhe dar o golpe da barriga ou...

E no final era Mariana a mediadora dessas conversas.

Não que não se falassem, pai e filho, mas os assuntos eram sempre amenos e inócuos. O jogo da semana, a reforma de um shopping, um ou outro escândalo do momento. O pai, por exemplo, jamais teve coragem de reclamar daquela horrível tatuagem de leão (tatuagens lhe desagradavam simplesmente por *existirem*, independentemente do conteúdo ou seu valor artístico), e cabia a Mariana levar assuntos desse teor ao filho. Não gostava do rapaz fumando em sua sala — e lá ia a mãe dar o recado. Então o moleque fumava no quarto — mais um recado. O caso da namorada era mais sério. Não bastava um único recado de coleguinhas: todos os dias Mariana fazia uma proposta diferente.

"Você já pensou em trabalhar com computadores?"

"Que tal um investimento para um curta?"

"Acho que posso convencer seu pai a pagar um intercâmbio em Nova York pra você."

E o menino não dava o braço a torcer. Só sairia de Salvador se fosse com Anna Lívia.

Essa teimosia era herdada, Mariana sabia que a testa do pai era tão dura quanto a dele. Chocavam uma cabeça contra a outra o tempo todo, como dois búfalos disputando uma fêmea. O joalheiro, entretanto, era mais casca grossa. Aquele namoro iria acabar, eles não ficariam juntos nem que ele tivesse que mandar matar um dos dois, conforme ele certa vez verbalizara casualmente a Mariana, sem saber que o filho estava ouvindo do quarto.

— Vindo dele, não é ameaça da boca pra fora! — gritou Ernesto, horas depois, batendo com o controle remoto na mesa da cozinha. Sua mãe lhe preparara hambúrguer e batatas fritas. — Eu já ouvi meus tios, sim, seus irmãos mesmo, falando do passado desse respeitável senhor, o meu pai.

— Mas você... O que disseram?

— Você que tem que me dizer. Como ele fez pra manter a joalheria intacta esse tempo todo? Vamos, me diga. Como ele fez? Nenhum assalto, nenhum funcionário mão leve, nenhum sequestro, nem na ditadura mexeram com ele. Nada! Tem que ser muito perigoso pra botar medo até nos milicos. — Ernesto se sentou e pegou uma batata frita.

— Nem me fale numa coisa dessas, menino. Tá maluco? — Mariana bateu três vezes na mesa. — Desejando alguma coisa ruim pro seu pai...

— Pelo contrário. Eu só desejo uma explicação. — Pegou outra batata, enfiou no ketchup e jogou na boca. — E aí?

— Seu pai é só um homem precavido, Ernesto...

— Precavido? E esses amigos que ele tem? Você precisa ouvir o tipo de conversa deles quando estão bebendo.

— Conversa? Que tipo de conversa?

— Assassinatos, tortura... censura. Ainda estão todos na década de 70. Você sabia que meu pai tem amigos militares?

— Isso não quer dizer nada!

O filho a observava com uma sobrancelha desafiadora, as pupilas dilatadas, reluzentes como bolas de sinuca, um sorriso sardônico. Ela conhecia aquele olhar. Poderiam discutir a noite inteira, que ele não mudaria de opinião. Ela ligou a televisão no jornal do meio-dia.

— O que eu falo, só falo pelo Papá. Você tem que reconhecer que ele sempre foi um homem muito bom para nós dois. E sempre foi muito precavido. O que ele disse hoje foi por força de expressão. Você mesmo fala nesse tipo de coisa o tempo todo.

— Eu só sei que meu próprio pai me ameaçou de morte.

A medida do Papá de fato não foi tão drástica. Ernesto já havia trabalhado na joalheria por um período, e se revelou um energúmeno, um idiota completo, um inútil, e por isso o pai sabia que o menino não iria se virar tão facilmente diante do mundo selvagem e implacável dos adultos, a vida verdadeira. Dessa forma, achou por bem parar de depositar dinheiro em sua conta e passou a monitorar com rigidez as movimentações de Mariana, de modo que ela não entregasse uns trocados às escondidas para o maloqueiro que eles haviam colocado entre os homens de bem. Mais cedo ou mais tarde a falta de grana iria sufocar o rapaz, que era um gastador descontrolado.

Por dois motivos, foi um tiro de festim.

Primeiro: o Papá não imaginou que o filho mal usava aquela conta, e de imediato não percebeu nenhum efeito na medida que tinha tomado. Segundo: Ernesto não sentiu a cacetada, pois mantinha um cofre em outro lugar, e sempre dividia sua pilhagem. Na verdade, era menos inútil que supunha o pai, pois há uns meses fazia parte dum negócio secreto que lhe garantia rendimentos vivos.

Assim, esse barulho cujos ecos Mariana ouvia enquanto andava de um lado para o outro, no Matadouro de seu lar, não eram os mugidos de um bovino prestes a morrer, como o nome sugere, mas o ruído da pólvora, dinamite, de fogos de artifício que explodiam e brilhavam, como os sorrisos numa comemoração. Ernesto era um homem em paz consigo mesmo.

Do outro lado da porta, ao contrário do que supunha a mãe, só estavam ele e a menina *non grata*. Ernesto pensava que a música ideal para sua primeira vez com Anna Lívia seria a trilha sonora de *Six Feet Under*, tida por muitos como a série mais triste e profunda de todos os tempos, cujas canções românticas o deixavam eufórico. Ernesto avançou sobre Anna Lívia empolgado como um lobo de desenhos animados, mas ela não permitia que ele tirasse sua blusinha do Led Zeppelin. Resfolegavam numa batalha sem sangue, ele sobre ela, empurrando, açoitando, maçocando, roendo, remoendo, chupando, uma força irresistível contra um objeto imóvel. Ela, arranhando suas costas desnudas, mais por desespero do que por prazer, empurrando o corpo pesado para segurar sua camisa, enquanto ouviam a música tema e PJ Harvey e Radiohead e Nina Simone e Phoenix e Arcade Fire e Coldplay e Bebel Gilberto e Interpol e Dandy Warhols e Death Cab For Cutie e Sia, o que havia de melhor na lista inteira, e mais uma vez o tema da série, até que pararam de prestar atenção, e Ernesto só se tocou que estava perdendo seu tempo quando ouviu "Breathe Me" pela segunda vez.

Irritado, ele se levantou e colocou o computador para tocar todas suas músicas aleatoriamente, pensando que mais uma vez não seria naquela noite, que ela teria sido melhor gasta na punheta. Aquele vinha sendo um problema constante desde que começara o namoro com Anna Lívia. Quando tinha perdido a virgindade, — aos dezesseis, apesar de desde os quatorze já alardear proezas fictícias aos amigos inocentes — pensou que nunca mais haveria de sofrer dos males do celibato ou de pecar com a punheta por alívio da dor, em vez de prazer. Como poderia prever naqueles empolgados dezesseis anos, que uma noite, no auge dos vinte, com uma mulher lindíssima trancada em seu quarto, deitada em sua cama, ele iria calcular a melhor maneira de tirá-la de lá? O que mais poderia fazer com sua pica dura como um batente de madeira e seus ovos tão cheios que lhe doíam o miolo da coluna, se mesmo assim ela não queria jogo? Ernesto já pensava além do horizonte. Talvez devesse sim terminar aquele namoro estéril, antiquado, e trocar Anna Lívia por alguma de suas amigas que lhe mandavam mensagens safadas todos os dias. Mas não naquela noite. Gostava de Anna Lívia mais do que tudo, além disso, não podia se livrar dela e dar o braço a torcer até que seu pai se esquecesse daquela história. Seria melhor ficar com ela na cama, com os ovos estourando, e quem sabe tentar gozar com alguma criatividade.

Quando se virou de volta, encontrou jogada no chão a blusinha preta, rasgada nas mangas, com o desenho de um anjo num deserto.

Anna Lívia era quieta como um peixinho de aquário, enquanto ele, antes mesmo do ato em si, já gemia, o que deixava a impressão de que nesse matadouro abatia-se, na verdade, o toureiro. A pele mágica da garota era ao mesmo tempo forte como o sol de verão e suave como as brisas de outono. Os pelos de sua nuca já se arrepiavam com as estocadas daquela língua áspera ao redor de sua orelha, quando eles ouviram duas batidas na porta.

— Espera um pouco — cochichou ele. — Não fala nada.

Mais duas batidas. Ernesto abriu a porta apenas o bastante para mostrar seu rosto, pois não queria que sua mãe percebesse sua ereção, muito menos Anna Lívia seminua lá dentro.

— O que foi?

— Trouxe um lanche para seus amigos, mas já está frio agora — disse a mãe, do outro lado, com uma bandeja nas mãos.

— Eles já foram.

— Já? — perguntou. — Eu gosto quando você janta aqui, sabia?

Meio sem jeito, Ernesto pegou a bandeja, colocou-a na mesa do computador, e trancou a porta. Aproveitou a quebra para ir ao banheiro.

Alongou as pernas, enquanto procurava no armário toalhas escuras para eles se deitarem por cima. A última coisa de que precisava era que sua mãe lhe perguntasse se ele havia esfaqueado alguém naquela cama, ou coisa parecida. Mariana bateu mais duas vezes. Anna Lívia ficou em silêncio, como o prometido. Ernesto listou em sua mente as palavras que compunham a estranha relação entre as bocetas e *shh*, os chiados: xana, tcheca, precheca, xereca, xoxota, xibiu, além de xuxa, concha, que ninguém usava.

Ao se alongar, viu que podia valer a pena toda aquela bobagem de pagar para levantar pilhas e mais pilhas de ferro maciço, com os pés, as canelas, as coxas, os braços, as mãos, os ombros, o corpo inteiro, para cima e para baixo, em séries de vinte, trinta, cinquenta vezes, ouvindo o *dance* da moda, olhando para um pôster de revista colado num balcão com um monte de setas e termos técnicos em cima do *Davi* de Michelangelo, repetidamente, dia a dia, uma atividade cada vez mais tediosa, somando um tempo absurdo que ele poderia gastar assistindo ao resto da filmografia de Hitchcock, ou dormindo, ou bebendo cerveja, ou conversando, ou qualquer outra coisa mais interessante. E ainda assim, muita gente passava por essas provações físicas, esses castigos divinos, em nome da disciplina e da civilização, acordando antes do sol com uma sirene altíssima, sobre um lamaçal, debaixo de chuva, diante das ofensas gratuitas de um fanfarrão velho e mal educado, com o único objetivo de morrer de uma vez só com uma estocada no coração ou um estilhaço de granada na garganta, junto com milhares de outros soldados tão ou mais musculosos, um gigantesco desperdício de energia em nome de um rei ou general que estava pouco se fodendo para qualquer um que não possuísse um caixote de moedas de ouro ou um punhado de estrelas penduradas em sua farda, a história de *Full Metal Jacket* e tantos outros filmes de guerra. A vida era muito melhor para ele, que fazia os músculos crescerem em nome de uma trepada inesquecível.

Aproximou-se da cama com as toalhas.

Não havia sangue, apesar de ter preparado seu matadouro para uma inconveniência do gênero. Anna Lívia era experimentada nas coisas da vida.

O Trinta e Seis era um boteco da Federação muito frequentado pelos estudantes da região, principalmente os da Escola Politécnica, que ficava próxima à entrada para São Lázaro, onde também havia um Campus da UFBA. Assim, o bar se situava num ponto de confluência por onde passavam os alunos de lá, os da Federação, e os que vinham de aulas no Canela, um pouco mais distante. O bar era praticamente um corredor e lotava com muita facilidade. Situava-se na encosta de um morro: não era uma instituição plana. Havia algumas mesas de plástico na parte de cima, próximo a uma grade, mas geralmente estavam ocupadas e era preciso descer uma escada para ter acesso aos outros lugares.

Ernesto, Moraes e Caio estavam com outros amigos, todos cansados das aulas matinais, devorando um arrumadinho gigantesco, a maior refeição servida no estabelecimento. As fartas e engorduradas camadas de arroz, feijão, salada, carne e calabresa eram o suficiente para satisfazer as feras. A cerveja ficava num freezer, e os próprios clientes se serviam, enquanto um garoto tomava nota no balcão.

— Borimbora, parceiro. Vamo nessa. — Ernesto apressou Moraes, falando à parte.

O grupo discutia calorosamente um comentário começado numa aula de antropologia, por um torcedor do Bahia, barbudo e de sotaque forte, que nem estava mais lá. Ernesto não tinha intimidade com aquelas pessoas e intuía que não devia entrar naquela peleja, sob o risco de se enfadar até a morte, ou de levar umas porradas, já que estava doido para discutir o assunto.

Só teve sua chance já descendo a Federação pela mesma rua, em direção ao Canela. Moraes tinha um Fiat Uno quadradinho encantador, mas sua cor verde-limão chamava tanta atenção que, naquela montanha, poderia ser notado até do outro lado da ladeira.

— Se liga, cara, tá de onda é? — Moraes se sentou no banco do motorista.

— Mas diga aí — disse Ernesto, abrindo sua porta. — Se o cara escrever uma história, uma ficção em primeira pessoa com um negão contando sobre como assassinou um homem branco, e se outro cara escrever sobre um galego falando mal de alguma minoria... Nem precisa ofender muito, basta usar a minoria como meio de ofensa, “seu viado”, “seu crioulo”, “sua vagabunda”, tu acha que dá no quê? — Moraes se preparou para responder, mas foi interrompido. — Processo, indenização, censura... O povo cai matando. Não tou defendendo o racismo, longe disso, mas matar um branco é muito pior que xingar um negro. Você não acha?

— Cara... — respondeu Moraes. Caio já cochilava no banco de trás, liberando pelo rosto uma torrente de saliva pegajosa como antigas teias de aranha.

— Hein? — interrompeu Ernesto, bolinando no sistema de som. — Você não concorda comigo?

Passaram pelo Campo Santo, cemitério soterrado por magníficos anjos de mármore e mausoléus grandes como capelas, homenagens para homens esquecidos que deviam pouco se importar com isso. Nele jaz Castro Alves, um lembrete aos visitantes que aquelas maravilhosas pedras que ilustram o cemitério têm por rejunto sangue de escravos, cujo derramamento o poeta clamava contra.

— São as ideias, man — respondeu Moraes. — Uma morte, como tudo mais na ficção, é sempre um acaso. Ninguém vai te acusar de assassinato por causa de um conto, já que não há um cadáver. Não se pode relativizar certas coisas. A mera ideia de um corpo não é nada demais. Mas um conjunto de palavras numa ordem específica, uma reflexão, uma ideia, falada ou escrita, sem trazer uma imagem, na ficção ou fora dela, continua a existir sem mudar sua constituição original. Uma ideia pode constituir um crime.

— E daí, cara! E daí? — Quando chegaram em “The House of the Rising Sun”, Ernesto soltou o botão do aparelho de som.

— Tu já viu alguém citar um personagem? — continuou Moraes. Havia, pra variar, uma multidão de carros na Ladeira do Campo Santo. — Quem fala é Hamlet, mas todo mundo cita Shakespeare. — Moraes abaixou o volume. — Esse argumento só não vale pra Jesus — riu cinicamente.

— Sherlock Holmes — afirmou Caio, permanecendo de olhos fechados.

Houve um sobressalto nos assentos dianteiros. Por sorte, o veículo guardava alguma distância do carro da frente, pois o espanto de Moraes o fez soltar os pedais, fazendo o automóvel dar um leve solavanco.

— Porra! — exclamou Ernesto, olhando pra trás, mas Caio sequer percebeu. Depois ele se voltou para Moraes, que já seguia viagem. — Não que eu seja racista, muito pelo contrário, mas aí é foda. Agora vou ter que limitar minha ficção por causa de neguinho fila da puta é?

— Não fala assim não, velho!

— Colé, Moraes, tu tá mais pra índio que pra preto, e fica aí querendo tirar onda de picudo, é?

— Minha rola é preta, mermão — retrucou, segurando a região genital.

Quando o trânsito desafogou, a conversa parou de desaguar. Passaram pelo TCA, deram a volta na rua Forte São Pedro e estacionaram quase em frente ao Teatro Vila Velha, onde um homem bem vestido vendia edições estropiadas de best-sellers dos anos oitenta; Umberto Eco, Robert Ludlum, Sidney Sheldon, Milan Kundera, Stephen King. Moraes ignorou a Casa D'Itália e o Palácio da Aclamação, mas não o mendigo que passava carregando duas mil sacolas de tranqueiras e pedindo esmolas mecanicamente. Ernesto desaprovava. O moleque do interior ainda era besta e caía na onda daqueles malandros. Antes que lhe desse uns conselhos, Moraes descartou seu ás:

— Nordestino é tudo fila da puta, nessa sua lógica.

— Porra, Moraes, aí tu tá de sacanagem comigo!

O portal do Passeio Público transmitia a ideia de que se trata de um lugar menor, retilíneo aos muros vistos de fora. Sua verdadeira extensão, no entanto, transcendia as estátuas de pedra, os gigantescos coqueiros e tipuanas, o vasto gramado, sempre vazio e melancólico, o Teatro Vila Velha, e mesmo a vista para a Baía de Todos os Santos, pois, de alguma forma, esse conjunto de elementos irradiava uma porção da grandeza impalpável do cosmos soteropolitano.

Dois garotos mais jovens conversavam à distância, no solar, com uma boa vista do cintilante azul marítimo. Um deles cultivava o estilo *black power* e um bigode muito preto, o outro era um maluco com óculos de aros grossos, que fumava um cigarro comum. O bigodudo evitava a fumaça. Apontavam para alguma coisa no mar, sem entusiasmo o bastante para que mais alguém quisesse ver o que era. Enquanto se aproximavam dos garotos, Moraes deu um sorriso de canto, pois seu plano ia bem, até Ernesto continuar a falar:

— Tu tá me dizendo que no Nordeste só tem preto é? — perguntou, e em seguida balançou o queixo e estufou o peito, dando tapinhas nele.

— Caralho, velho, você é tão racista que nem percebe a lógica do que tá dizendo. — Moraes tentou manter baixa sua voz, para não chamar a atenção, mas ficou bastante irritado com esse comentário. — O que *eu* tou dizendo é que quando você generaliza os negros, pra bem ou pra mal, você dá margem para que uma pessoa de fora faça o mesmo com os nordestinos.

— Tá me tirando é? Falar de nordestino não é igual a falar de preto ou de viado.

Moraes pediu para ele baixar o tom.

— Tu já viu o tamanho do nordeste? — prosseguiu Ernesto.

Calaram-se por alguns instantes. Ambos se aproximaram dos garotos, já com um cigarrinho enrolado, pediram emprestado o isqueiro, dividiram a maconha com aquele que fumava, e ofereceram um preço justo por um pacotinho muito pequeno.

Depois se sentaram num banco de cimento para digerir o almoço. Como sempre, Ernesto tentou retomar a discussão interrompida.

— O Nordeste é bem mais amplo que a "nação negra"! — Ernesto fez aspas com os dedos. — Você bem sabe que a cultura nordestina é muito diversificada, pra vir me falar uma merda dessas, que somos tudo fila da puta.

Moraes o conhecia bem o bastante para saber que a melhor resposta seria concluir a aquela conversa. Nem por isso parou de refletir a respeito da questão.

O choque é irmão do trauma e da letargia, já a ofensa, da revolta e da reação. Hoje em dia ninguém se choca com nada, mas se ofende com tudo. Apenas dias depois, Moraes pensou numa possível resposta para os comentários de Ernesto. Não chegou a lhe dizer, pois ainda estava evitando esse tipo de debate. Se não desse certo, Moraes poderia partir para a ofensa *ad hominem* e ressaltar que Ernesto era um cineasta imaginário, cuja obra consistia somente em projetos, e sequer um curta, nem mesmo um roteiro finalizado, e que ele preferia seus próprios filmes capengas e mal produzidos que aquelas elucubrações teóricas que nunca caminhavam a um destino palpável. Não fazia sentido ele defender ferrenhamente sua liberdade de expressão irrestrita, quando *não haveria filme*.

Pensou, pensou, e deixou pra lá.

Não brigaram, mas já não estavam se falando direito.

Ernesto deveria irradiar felicidade, era uma manhã leve e o clima estava suportável, porém o encontro que tinha pela frente acabava com seu apetite. Enquanto caminhava pelas onipresentes amendoeiras da rua Augusto Frederico Schmidt, sentia receio de encontrar pessoas escondidas atrás das árvores. As frituras da cidade, especialmente em dendê, lhe causavam uma sobrecarga sensorial, um fenômeno semelhante à luz intensa que cega por alguns instantes. Ele sentia, mas não sabia dizer de onde o cheiro vinha. Ou ao menos não conseguia falar sobre ele. Salvador é um lugar interessante para o nariz.

Ernesto pouco sabia sobre o homem com quem deveria conversar, apesar de não ser a primeira vez que o faria. Era a mesma ânsia que o dominava quando pegava um DVD que nunca tinha visto, mas que era famoso por algum aspecto chocante. Como na capa do filme *The Butcher Boy*, a mais assustadora de todos os tempos. Uma ilustração de um menino gordinho, de lado, usando uma blusa verde-abacate, com uma máscara de porco na cara e um dedo inquisidor apontando para sua frente. A outra mão segura um facão. Milhões de possibilidades. Justificativas para ansiar pelo filme e ao mesmo tempo temê-lo. Mas o pior é um detalhe que na maioria das vezes passa despercebido: o menino tem um rabinho torcido, que parece existir por fora de sua fantasia, sugerindo que ele próprio seja um suíno disfarçado de açougueiro, que por sua vez está fantasiado com aquela máscara horrível. Já em *The Lord of the Flies*, meninos da mesma idade decapitam um porco e penduram sua cabeça numa estaca. Crianças...

Sentiu calafrios ao entrar no Shopping Barra.

Crocodilo já se encontrava na praça de alimentação, numa das cadeiras brancas, as mais confortáveis, quase embaixo da escada rolante. Comia ruidosamente o combo de um *fast-food* supostamente saudável que proliferou na cidade nos últimos anos. Crocodilo fazia caras tão feias que deixavam os outros paralisados. Seu nariz era comprido como uma barbatana de tubarão. Os cabelos pintados de ouro e os badulaques pesados e cintilantes que usava no pescoço também não deixavam Ernesto feliz, pois naquela situação preferia conversar com uma pessoa discreta. Sempre reparava em suas sobrancelhas de taturana e em seu maxilar largo, mais parecido com a embocadura de uma ostra que com a boca do réptil que o batizava.

Meses antes, Crocodilo dava uma carona para seu chefe Pico, na altura da praia de Amaralina, quando ouviu uma conversa que não poderia deixar de lhe interessar. O italiano falava pelo celular com alguém que queria um relógio velho e estava disposto a pagar por isso. Depois chegou a conhecer pessoalmente Benedito, o tal homem de Deus. Crocodilo ignorava a participação de Benedito em muitos dos seus feitos com Pico e o idoso afrescalhado que não lhe agradava nem um pouco, mas não podia perder a oportunidade de receber uns trocados por fora. Sem demora tratou de lançar a ideia ao primo Rodrigo Júnior, para maquinarem algo.

— Caralho, velho, tá foda. O joalheiro não dá mole. — Na ocasião uma mulata flácida lhe servia uma Antártica e alisava seu pescoço. Ele a repelia com a mão.

— Que joalheiro? — perguntou Rodrigo.

Crocodilo lhe explicou por alto a história da paixonite do homem de Deus pelo relógio velho. Ignorava a real posição de Benedito naquela trama, e acreditava que Pico apenas prestava um serviço a ele. Então falou a Rodrigo Júnior sobre a joalheria.

— Mas esse joalheiro é barril — encerrou.

— Relaxe, bróder, que dá tempo — Rodrigo não repeliu a outra morena, que expunha sem vergonha as suas curvas. — Esse relógio velho não sai de lá por tão cedo. A não ser que esse velho fresco desista da ideia, o plano tá valendo — afirmou, abraçando a morena, que não reagia ao diálogo. — Se tu quiser eu posso dar uma curiada lá.

Rodrigo não tinha passado pela provação das ruas, como seu primo, que nelas já havia feito de tudo: dormir, comer, trepar, cagar, vomitar, assaltar, atirar, matar, agenciar, e agora fornecer a droga, a paz de espírito dos desgarrados; mas ao contrário do primo mais vivido, era ele quem possuía o dom da sapiência e da percepção. Sabia conectar as ideias.

Sete dias depois, ligou entusiasmado:

— Porra, Crocodilo, tu tem sorte pra caralho!

— Como assim?

— Dei uma olhada na desgraça desse joalheiro — disse —, o filho dele curte uma massa. Um playboyzinho que compra lá na Federal. Parece que também é cheirador. Nunca deixou nenhuma dívida. Não sabe ganhar dinheiro, mas tem pra caralho.

— O filho daquele joalheiro? — ironizou. — *Aonde*?

— É sério, porra. O nome dele é Ernesto. Ainda preciso descobrir qual é...

— Maluco, não mente pra mim não! — disse Crocodilo, com incredulidade. — Já arranquei língua de gente que veio me falar merda.

Rodrigo não estava mentindo, e tampouco expelia merdas pela boca. Havia contribuído e queria uma recompensa. Repassou diretamente a Pico tudo o que sabia sobre Ernesto, e deixou com ele e Crocodilo o restante do plano. O traficante se aproximou de Ernesto aos poucos, passou a ser o único a vender para ele, propôs acordos, e em alguns meses Ernesto já lhe prestava contas de suas próprias vendas.

Enquanto se aproximava da mesa de Crocodilo, Ernesto continuava a pensar em filmes.

Faces of Death é o clássico da crueldade comercial. O documentário mostra imagens impactantes de acidentes, tragédias, crimes horrendos, homens sendo atacados por animais, uma cirurgia de mudança de sexo, e um porco gigante sendo tostado vivo por cientistas sem emoção. A realidade em seu aspecto mais doloroso, sem monstros, sem Hannibal Lecter, sem nazistas. Mas a distância está lá. O espectador se choca, mas não sofre junto com todos aqueles desgraçados. Só há alguma compaixão por um homem cuja história se conhece a fundo: *Ace in the Hole*, em que um jornalista inescrupuloso cria um circo em torno de um mineiro preso numa montanha após uma avalanche — o resultado é mais tocante que qualquer vídeo de homem sendo comido por urso. Às vezes Ernesto recebia sem querer as fotos de corpos dilacerados que seus amigos compartilhavam. Depois da internet, *Faces of Death* se banalizou. Até para tirar a carteira de motorista o candidato deve assistir à sua versão automobilística, permeada de membros arrancados, olhos perfurados e corpos carbonizados entre ferragens. *A Clockwork Orange* já havia mostrado que o condicionamento de choque não funciona e nosso trânsito selvagem confirma a inutilidade desses documentários, assim como *Faces of Death* não serve de prevenção ou atenuante contra uma dor insuportável.

— E aí, beleza? — Crocodilo pegou em sua mão, e ofereceu com um murmúrio descortês um pedaço do sanduíche de presunto. — Cadê os dois cabas?

— Hoje é só comigo. — Ernesto se sentou e olhou em volta do shopping. — Os caras estão enrolados com uma manifestação aí...

Não estava muito cheio, mas três gringas grandes faziam barulho por uma multidão. Todas elas usavam bijuterias e roupas coloridas, chamativas, repletas de tecido. Às vezes congelavam repentinamente, admirando o ambiente como roedores, e então voltavam a seu ritmo frenético, cantando e tirando fotos que provavelmente sairiam borradas.

— Manifestação? — Crocodilo lambia os dedos sujos de molho *barbecue*. — Vocês são cheio de putaria mesmo! Quem tem que fazer manifestação é a favela. Agora me vem um bando de playboy fila da puta com o cu cheio da grana, preguiçoso, que só quer saber de coçar o saco...

As mulheres falavam uma mistura de inglês com espanhol, e Ernesto ouviu uma delas — de saia laranja — falar algo sobre "NYC", o que lhe interessava. As pessoas mais loucas do mundo são as soteropolitanas e as nova-iorquinas.

Crocodilo coçou o nariz. As três mulheres se afastaram e ele riu com escárnio, olhando para as suas pernas.

— Olha o tamanho do pandeiro — afirmou em alto e bom som, fazendo da mesa um instrumento. — Me diga aí, vá, o que aquele sacaninha que só vive dormindo faz junto com vocês?

— Como assim?

— Tem que botar o maluco pra fazer alguma coisa de verdade, guerreiro! Coma reggae não. Feladaputa não faz merda nenhuma.

— Mas ele ajuda. Amigo meu das antigas...

— Ajuda porra nenhuma, que eu tou ligado. Escuta: tem duas coisas que não têm bosta nenhuma a ver com amizade: mulher e dinheiro.

Enquanto Crocodilo falava, ou talvez por causa disso, Ernesto não conseguia parar de pensar no que o incomodava nos filmes. Embora de modo geral suportasse com naturalidade a ultraviolência, especialmente em filmes de horror e de ação, havia certas cenas específicas em alguns filmes que o deixavam atordoado. O ato do estupro, por exemplo, não lhe causava angústia nenhuma, e os estupros de homens e mulheres em *Pulp Fiction*, *A Clockwork Orange* e *American History X* lhe eram tão naturais quanto qualquer outra cena de violência dos mesmos filmes.

Estavam sempre encobertas por uma grande poça de vômito e sangue estilizado. As empalações de *Se7en* e de *The Great Ecstasy of Robert Carmichael* são terríveis por sua gratuidade, capazes de entristecer o espectador por uns dois dias, mas não têm tanto impacto visual. A tentativa de estupro *Shawshank Redemption* lhe era mais marcante, pois é evitada com uma vívida série de argumentos. Um: você tem uma faca e o pau para fora. Dois: eu tenho uma boca e todos os dentes. Três: uma facada no cérebro pode fazer os dentes se fecharem com tanta força que às vezes é necessário um pé de cabra para abri-los novamente. Quatro: pra você seu pau é mais valioso que minha morte. Cinco: as chances de sofrimento e humilhação não são somente minhas, caso você queira enfiar seu pau em minha boca contra a minha vontade. A paz precisa reinar por mais uma noite. Já em *Irreversible* não há tempo para debate. Na primeira vez em que se vê o filme o sabor catártico da vingança é inócuo, e tão chocante quanto a mola propulsora de tamanha brutalidade: um estupro de uma mulher num metrô parisiense, numa angustiante cena de dez minutos, com a câmera parada, em que sentimos o tempo se estirar, diante de nossa inaceitável incapacidade de reação. O gosto da vingança só é sentido na segunda vez em que o filme é visto, pois ela é apresentada antes de conhecermos o motivo para que seja efetivada: um homem furioso esmaga a cabeça do estuprador lhe desferindo uma série de pancadas com um extintor de incêndios. Em *Deliverance* há uma cena que o choca mais que qualquer fratura exposta. Um caipira estupra um gordinho enquanto o ordena a gritar como um porco, torcendo sua orelha, montado em cima dele, sujando-o de lama e esperma com aquele sorriso sádico. O caipira fode com a civilização como faz com um animal qualquer. A barbaridade se faz necessária à sobrevivência na natureza idílica e implacável. Essa crueldade ancestral gera um dos medos mais antigos. A civilização contra-ataca e os homens atravessam uma flecha no peito daquele caipira desgraçado, mas ainda deixa uma carência de tortura. Foi um *estupro*. Quando pensa nesse filme, Ernesto compreende, ainda que pareça se esquecer assim que a luz é acesa, o alerta constante das mulheres. É no mínimo um desgosto, que grandes filhos da puta só possam morrer uma única vez.

Ernesto não respondeu aos comentários de Crocodilo. Pensou em comer num lugar melhor, mas receou que seu fornecedor se sentisse menosprezado por isso. Conhecia aquela espécie; já tinha visto muitos filmes de Scorsese. Como Joe Pesci, Crocodilo parecia capaz de querer tirar satisfações por causa de uma recusa a um pedaço de sanduíche. Praticamente esperava o dia em que o bandido lhe armaria uma emboscada sem ele saber o motivo. Então lhe passou com velocidade uma sacolinha de camurça escura e macia.

— Troquei pra notas graúdas — disse Ernesto, se levantando com pressa. — Já tirei a nossa parte.

Crocodilo segurou o braço de Ernesto sem usar muita força.

— Calma lá, meu compadre.

Ernesto não gostou, mas tampouco reagiu.

— Qual foi, irmão?

— Escuta. — Olhou em seus olhos. — Tem quanto tempo que a gente trabalha junto?

— Quatro meses... Por aí.

— Quase um semestre, não é? — Não ouviu resposta. — Vocês trabalham direitinho. Sem muita zoada, pagam em dia e tal. Sabia que Pico em pessoa veio falar comigo?

— Hum — murmurou Ernesto, ainda em pé. Crocodilo continuou a segurar seu braço.

— É, meu camarada, isso é do caralho. Aquele pigmeu é foda, não elogia ninguém assim não. — Ele embolou a embalagem de seu sanduíche e a jogou na mesa ao lado. Ernesto se sentou novamente, e Crocodilo soltou seu braço. — A parada é o seguinte: é bom mesmo que esteja só nós dois aqui. Na jogada, quanto menos pessoas, menor a chance de melar. Por isso... Fica na sua, bróder; fala nada com os cabas não — Esperou Ernesto dizer algo, o que não aconteceu. — Aí, andei olhando umas paradas, conversando com o povo. Tu sabe que Pico tá por dentro de tudo, né? Pico é o chefe. Um dia tu conhece ele. Italiano, zuadento pra carai, figuraça. Malandro todo. Ele me falou uma coisa que ficou coçando aqui por dentro.

— Qual foi? — perguntou Ernesto, pensando na merda que estava por vir.

— Tu anda numa boa com seu coroa?

— Mais ou menos, man. — Ernesto pareceu um pouco aliviado.

— Eu tou ligado. Ele é dono de uma joalheria, não é?

Ernesto não disse nada. Moraes andava conversando demais. Só podia ser ele.

— Então. Seguinte: o que é que tu acha da gente dar um rapa lá? Escuta, escuta, nem responde agora. Tou ligado que tu já trampou lá e as porras... Tu deve ter as manhas, os horários, o jeito de evitar a segurança. E o velho deve ter um seguro pra cobrir qualquer merda. Tenho umas ideias aqui; só depende de você. O que é que tu acha? Não precisa responder agora.

E ele não respondeu.

Respostas como àquela iam de encontro ao seu maior medo: o de ter sua ignorância desmascarada. O que diriam se soubesse que ele não viu *O Nascimento de Uma Nação*, *O Albergue* e *Tony Manero*; que se referia aos títulos no original para disfarçar a ignorância dos filmes em si; que havia detestado *A Aventura*; que já tivera preconceito contra filmes tchecos; que demorou a captar *Alphaville* e não tirava nada de *A Idade do Ouro*; que todas suas ideias sobre Malick eram pescadas na internet; que tinha visto todos os filmes de ETs dirigidos por Spielberg? Ernesto sentia-se vulnerável quando seu interlocutor não oferecia confronto intelectual. Esses eram capazes de escancarar sua idiotia, pois sabiam fazer coisas que ele não tinha a mínima noção de como começar, e não se importavam com todo seu arcabouço cultural, que no final das contas ele jamais usara de modo sincero, para confrontar a morte com a verdadeira vida.

Lá mesmo no shopping, depois de se despedir de Crocodilo sem aquela resposta, Ernesto receberia uma ligação que redefiniria todos os seus planos — e o que ele pensava saber sobre o medo.

Apesar de sua natureza ordinária, gerar um ser vivo é um crime moral. A linha de argumentação de Ernesto não era favorável à garota; se era ele quem ligava esses pensamentos, deveria ser ele, então, o eterno favorecido — de modo que, quando ela anunciou que o teste de gravidez dera positivo, sua maneira de pensar acarretou em problemas para muitas pessoas que nada tinham a ver com aquilo.

Ernesto tinha uma opinião quase religiosa sobre seu relacionamento com Anna Lívia: acreditava que era "predestinado". Calculava que todos os seus erros eram virtudes, e procurava uma brecha em suas memórias que justificasse as besteiras cometidas por ele, em favor de tê-la conhecido: se não tivesse arrancado o retrovisor da Hilux do Papá, o velho não teria mandado Mariana reclamar com ele, e logo ele não teria fugido da bronca para a festinha da galera de Geociências, e aí Anna Lívia não ia conhecer ninguém interessante (ele) e teria voltado para São Paulo sozinha. Quando as coisas davam errado para ele, Ernesto se consolava com a elaboração mental de linhas temporais em que algum detalhe mudava tudo em seu benefício; mas quando elas davam certo, o único destino possível de qualquer linha temporal alternativa seria *o horror*.

Era um afortunado, pois sabia que havia bilhões de mulheres, mas em nenhum outro lugar do mundo existia outra Anna Lívia, *sua* Anna Lívia, sua *manic pixie dream girl* com profundidade narrativa. Porém ela poderia ter terminado nos braços de outro, pensava, batendo com a palma da mão esquerda no topo do outro punho fechado. Seu gesto obsceno foi percebido por duas pré-adolescentes que passavam. Ele não ouviu as risadinhas. Ainda estava na mesma mesa da Praça de Alimentação do Shopping Barra em que Crocodilo lhe fizera a proposta do crime, quando Anna Lívia ligou com a notícia. Não era definitivo, mas um obstetra já estava marcado para o dia seguinte. Ernesto desistiu de comer no Califa, e deu três voltas na Praça de Alimentação, até se dar conta que não desejava mais almoçar.

Agora precisava de dinheiro mais que nunca. Não poderia permitir que o feto nascesse. Ernesto observava a multidão que se acumulava repentinamente ao seu redor; azulados, cinzentos, transparentes — as pessoas eram todas iguais. Olhavam para ele como se o julgassem pelo crime ainda não cometido. Mas como poderiam saber? Orgulhoso como era, não se importava com a opinião de ninguém. Relevar, ignorar; não é isso o que se ensina hoje em dia? E por acaso aquela multidão de infelizes se importava? Houvesse alguém literalmente morrendo de fome por ali, rodeado por toneladas de hambúrgueres, pizzas, hot-dogs, filés, costelas, galetos, frituras, frutos do mar, saladas, massas, acompanhamentos, molhos e guarnições, o único pensamento que conseguiria lhes despertar era o de desconforto, o desejo de que expulsassem o faminto dali para que pudessem comer em paz. Ele sabia bem, pois não era diferente daquelas pessoas. Uma multidão de infelizes — comendo todos os dias o mesmo bife queimado, as mesmas batatas fritas, o mesmo copo de refrigerante, e voltando aos seus balcões antes que terminassem de mastigar, com a massa alimentar pesando no estômago, doida para se transformar em algo ainda mais nojento. Eles não entendiam como ficavam mais feios a cada dia, mais fracos, flácidos, carecas, cansados, enrugados, estressados, débeis, neuróticos, dementes, malucos, torcendo secretamente por alguma coisa horrível no próximo exame de rotina. Uma desculpa para descansar; férias forçadas em Salvador. Morreriam, finalmente, em paz, após o câncer ou a ponte de safena. Uma idosa se sentou a seu lado e começou a mastigar com lentidão o que parecia ser frango à parmegiana. Ernesto não olhou por muito tempo: poderia sentir de longe odor dos dentes sujos, dos hálitos misturados. Sempre teve nojo do prato dos outros, e esse era um dos motivos que o fazia detestar as praças de alimentação. Notou que olhavam feio para ele, por ocupar um lugar inutilmente, sem ser para comer. Sua índole revoltosa o mandava ficar ali, por provocação, mas ele não aguentava mais. Subiu a escada rolante, e viu as pessoas diminuindo de tamanho. O que haveriam de deixar? Não sabiam, não se lembravam de nada; nessa mesma noite já teriam esquecido o filé com fritas. Quantas daquelas não foram geradas por acaso, nascidos contra a vontade dos homens? Decidir sobre a vida é tão terrível quanto sobre a morte; o que os bebês fizeram a seus genitores, para que fossem entregues a este mundo zumbi, impiedoso, sanguinário, louco por seus corpos? Talvez essa propensão dos seres vivos de procriar, de dar continuidade, não seja nada mais que uma vingança tardia, uma maneira aleatória de retaliação. Como quase nunca é possível descontar nos pais, sempre mais fortes, as pessoas descarregam uma parcela de suas misérias num inocente, em alguém que nada pode fazer por si mesmo. Ernesto estava dominado por aquela agorafobia repentina, paranoia fora de hora, semelhante ao vazio dominical que ele não conhecia, pois tinha todos os dias sempre cheios. Pecava por preguiça, mas não por letargia. É um dândi muito acomodado, esse que flana por shoppings. Talvez o suicídio fosse a maior vingança contra a tirania paterna, contra a obrigação de ser filho. Ele mesmo não teria coragem; deram-lhe algo que não pediu, mas agora era seu e ninguém tocava. Perdeu algum tempo nas lojas Americanas entre chocolates, ventiladores, laptops e DVDs, e nada lhe interessou. Mesmo que interessasse, mesmo que tivesse dinheiro e vontade, a fila era grande demais. Bom era no tempo em que não precisava frequentar lugares cheios como aquele. Ainda assim, o suicídio é uma vingança e tanto. De sua parte, daria uma mão para que esse menino não nascesse. Daria um braço inteiro, e ainda assim sua vida seria mais fácil. E caminhava como quem passeia por redes sociais; viu muitas coisas, muita gente, muitos pensamentos, e no fim das contas não viu nada. Por que sentia tanta aversão àquelas pessoas? Não eram todos a mesma sacola de ossos, carne e sangue? O ciclo da morte e da vida era óbvio — as pessoas ficam tristes pelo que deixaram ou deixarão de ver, de sentir, de viver, e no final das contas não percebiam que o presente também era assim. Tantos filmes a serem vistos, músicas e quadros a conhecer, tantos livros a serem lidos — e mesmo na livraria meia-boca que ele acabava de entrar havia mais livros, filmes e álbuns que sua mente suportaria abstrair numa vida inteira. E quantos belos lábios no vasto mundo não estariam à sua espera? Sim, eis uma dor verdadeira. Não via diferença entre o que perderia após sua morte e o que estava perdendo naquele exato momento. Era um castigo cruel demais a alguém que nada lhe fez: o feto não podia nascer. Não importa a direção do polegar de César — o destino é sempre fatal. Não seria o responsável por cometer um crime tão bárbaro, gerar um ser, e nada fazer para ajudá-lo; se Anna Lívia confirmasse, deveria tirar. Ela ligou mais uma vez, sem motivo específico. Mesmo sua voz doce era um argumento em favor daquelas ideias. O feto conheceria mais pessoas do que conseguiria se lembrar, mais nomes e mais rostos que o humanamente possível, e por outro lado jamais abandonaria as memórias daqueles que queria esquecer para sempre, e mesmo que só se lembrasse dos queridos, ainda seria tristeza. E se algo o desagradava, era que Anna Lívia pensasse diferente. Nem existia ainda, e o fedelho já roubava dele o coração da moça. Compaixão... Provavelmente ela tentaria convencê-lo do contrário, mesmo após ele pensar tanto no assunto. E Ernesto estava certo de que ela não havia feito o mesmo: pensar, pensar, pensar. Entrou numa espécie de antiquário repleto de artigos novos em folha. Uma máscara da Indonésia, espadas orientais, charutos cubanos, kits de bilhar, tabuleiros de xadrez, globos, cachimbos, miniaturas, bonecos. *Não há argumentos.* Em outros tempos sairia de lá com sacolas cheias, para depois esquecê-las em alguma gaveta de seu grande apartamento. Em dias como aquele... Não era uma má ideia comer um sanduíche! O mais salgado e gorduroso possível. A saúde não tem graça. Quase nunca percebemos quando estamos sãos, que nossos dedos funcionam, que os ácidos de nosso estômago não estão queimando, que nossas pernas vão bem, obrigado, a não ser que tenhamos acabado de sair de grandes problemas, de dores que nos ocupavam todos os pensamentos. Mas as dores gostam de ir embora sem nem deixar um aviso, para que pensemos que ainda estão lá, escondidas em algum lugar...

Uma nódoa laranja, vivaz, sujava o lençol de um paciente que passava desacordado numa maca, empurrado por um funcionário, com a intenção de ultrapassá-los na fila para o elevador. Era nojenta a imagem da bolsa de urina pela metade, ensanguentada, sem saber qual dos fluidos predominava, qual agia na consistência do outro. O Hospital Espanhol era insípido, inodoro e incolor, o que de nada adiantava, pois não deixava de ser um hospital. Ou seja, um depósito de memórias ruins. De toda sorte, tinha a mais bela paisagem, inimaginável até, num lugar onde proliferava a tristeza e o sofrimento: o vasto mar, de um azul vivo, brilhante e transparente, entre o olho aberto e o sol a postos no ângulo adequado, uma imagem da praia que só podia existir vista de cima, daquela distância, daquela janela específica, um lembrete de que naquele lugar também existia a cura.

Ernesto lembrava-se da primeira vez em que foi internado, quando adolescente. "Um procedimento simples", disseram, embuste em que ele acreditou. Não havia porque duvidar; sempre concordou que era preciso confiar nos médicos, apesar dos dissabores ocorridos na última vez em que estivera lá. Sua mãe saíra do consultório e desabara em seus braços, chorando alto, após uma punção no seio. Uma mulher logo se jogava na direção deles, como um assaltante da Avenida Sete, oferecendo um panfleto carregado de esperanças. "Deus ajuda, minha querida! Só Deus pode te salvar! Apareça este final de semana", dizia, provavelmente acreditando que a saudável Mariana sofria de um câncer terminal, ou duma meningite grave, ou uma duma dengue hemorrágica, lúpus, ou alguma doença raríssima, dessas vistas em *House* e nos documentários da BBC, ou quem sabe a crente achasse que ela precisaria passar por uma grande provação, uma amputação ou uma cirurgia invasiva, e no final das contas a decepcionada ovelha de Deus deveria procurar outro pedaço de carne para arrebanhar para seu curral, pois sua mãe tinha apenas uma dor atroz, causada pela própria punção. Poucos anos depois os papeis se inverteram, e lá estava Ernesto, pronto para suportar sua própria carga de sofrimento.

Numa tarde quente do antepenúltimo dezembro ele estava, como de costume, nu, solitário, debaixo de um ventilador, com um laptop esquentando seus joelhos. Percebera uma protuberância se mover perto de sua virilha, como se tivesse nascido um terceiro testículo que ficasse balançando para cima e para baixo. Não doía, e uma rápida pesquisa lhe alertou para um câncer em suas pernas. Lançou sobre a cama o laptop fervilhante, o evidente culpado daquela desgraça. O urologista foi marcado por Sílvia, uma "mais amiga que namorada" que alguns meses mais tarde sumiria de sua vida. Por vários dias se lamentou por seu destino nefasto. Tinha medo dos procedimentos que o médico utilizaria; se considerava um homem das antigas e pretendia jamais ser violado, apesar de preferir um dedo maligno a um tumor de qualquer qualidade.

A clínica ficava no Canela, próximo a um Supermercado Bompreço. Era uma clínica verde e gelada, que parecia prever o futuro próximo de muitos daqueles doentes. Algumas daquelas pessoas também haveriam de enverdecer e congelar nas cabines dos legistas. O baiano não é solidário no câncer. Todos eles, e havia mais de uma centena, sentados, de pé, na porta, nos corredores, saindo das salas, subindo no teto, impacientes, distraídos, sofrendo. Ernesto pensou em desistir, mas lhe aterrorizava a ideia de um pequeno câncer convivendo com suas bolas, como uma visita indesejada, demorando no banheiro, afanando sua comida, deitando-se em sua cama. O calombo não doía, e pelas suas pesquisas, era um sinal de que ainda poderia ser curado.

Não demorou muito para ser atendido, e mal baixou as calças o urologista sentenciou, sem se mover de sua poltrona, quase sem olhar: hérnia inguinal.

Ernesto sentiu-se até desapontado com tamanha rapidez, afinal de contas, passara a manhã raspando suas bolas e escolhendo uma roupa de baixo que nada dissesse sobre ele. Jamais se mostrara a um homem antes. E o que eu preciso fazer, perguntou, ainda segurando a cintura de sua calça. É caso pra cirurgião, não para urologista, o profissional respondeu, já com outro moribundo se cagando à sua porta. Ernesto saiu da clínica mais tranquilo por não ter sido violado, que pela falta de periculosidade de seu problema (que, afinal, ele ainda desconhecia).

No dia da cirurgia, sua mãe e Caio, amigo de infância, o acompanharam. O pai ficou por pouco tempo no hospital. A todos, Ernesto negou o pedido de mostrar sua virilha. A operação aconteceu no início da manhã, e ele sentiu frio, com a camisola do hospital, que deixava suas nádegas à vista. Uma enfermeira embrutecida era responsável por lhe aplicar a raquianestesia, geralmente usada em cesáreas. Ernesto não se lembrava bem como naquele dia, mas podia jurar que ela tinha longos fios de bigode, como um bagre. No entanto, foi ela, o bagre, quem questionou sua masculinidade, ao ouvir seus resmungos incessantes. Em defesa de Ernesto, a dor da aplicação foi tão forte que ele golfou uma espuma ondulante sobre o colchão fino em que se deitava enquanto pensava "está vendo, sua miserável, está vendo o que você fez? Isto é obra sua!". Depois disso, veio a escuridão soturna, e ao despertar num corredor movimentado, repleto de faces desconhecidas, Ernesto teve certeza que assim também seria a morte. Um piscar, sem tempo de se iniciar a autocomiseração de quem resiste. Não sentia suas pernas, conforme o esperado. As piores dores viriam após a operação. Em pouco tempo, seus pés já estavam em pleno funcionamento, mas ele não se atrevia a pular da cama. Tinha lido notícias preocupantes sobre cirurgias como aquela, o que o levava vez ou outra a apalpar o pau com o dedão e o indicador. Encontrava somente algo borrachudo, sem vida, artificial. Almoçou na cama. Ensopado de carne com batatas, arroz e salada de alface, tomates e cebola. Pelo menos a comida era boa.

Quando Caio e sua mãe finalmente deram uma saída, Ernesto aproveitou para reassistir no laptop *I'm Not There*, em que as várias vidas de Bob Dylan são interpretadas por seis pessoas, incluindo uma mulher, um menino negro, homens jovens e um homem de meia idade, um luxo que talvez só fosse permitido porque a vida do bardo já é conhecida por um documentário definitivo, *No Direction Home*, feito por outro mestre, Martin Scorsese, que dispensa apresentações (os grandes homens se conhecem). Sua bexiga reclamou do excesso e ele tentou urinar em vão. Liberou no papagaio no máximo quatro gotículas. Lembrou-se de um sonho recorrente em que começava a mijar e não parava jamais, metamorfoseando em agonia o alívio ininterrupto. Agora sentia a mesma coisa, segurando seu pênis borrachudo (um órgão que naquele estado só poderia ser chamado por um nome técnico), até desistir de colocá-lo em uso. Mais tarde sua dor aguda o obrigou a tocar a sineta para a enfermeira responsável, que lhe aplicou xilocaína uretra adentro antes de enfiar uma sonda. Não há vergonha, orgulho ou vaidade que seja mais forte que a dor do corpo. No corpo reside tudo, é o corpo quem viaja, é quem percebe o voo, a gravidade, a queda, o amor, a inteligência, a fantasia, o terror, e, principalmente, a doença. Ernesto já não tinha mais os pudores de antes, e sentia que parte de sua dignidade estava sendo despejada no papagaio, junto com sua urina, enquanto aquela fêmea atraente apalpava seu pênis desinteressado. Depois disso, enfiaram em suas veias um ácido que ardia como dedo-de-moça. E lhe foi indicado que caminhasse, para que o sangue, o oxigênio, e todos os remédios circulassem. Era seguido por Caio e Mariana, andando lentamente de uma ponta a outra de seu corredor, pensando nos infortúnios da vida. No bolso da camisola, carregava o soro que diluía os fortes medicamentos. À noite a TV transmitia uma partida da seleção brasileira, e os jogadores pareciam em estado pior que o seu, capengas como caranguejos atolados num mangue. Ronaldinho deu um chute tão ruim que o susto fez Ernesto repuxar as costuras no couro da virilha. Começou a sentir a ferida, abaixo do curativo, como uma brasa em princípio de combustão, e a vontade de urinar atacou novamente. Caio sugeriu que ele ligasse o chuveiro, e seu pesadelo se tornou ainda mais real. Sentiu-se pesado, estufado, como um animal empalhado que recebera mais serragem que o necessário. Finalmente lhe contaram que seu intestino também estava adormecido, o que lhe faria tomar quatro comprimidos de purgante e em seguida se sentar por um dia inteiro na privada, pronto, disposto a explodir, com o laptop numa cadeira, para evitar os fogos da locomoção sobre a virilha. No outro dia, e assim também nas próximas semanas, sentiria sua bicheira com mais plenitude. A brasa do dia anterior se alastrara, e qualquer movimento abdominal repentino, riso, espirro, tosse, levantar-se, andar sem cuidado, qualquer trepidação, e era como se fosse derramado ácido fumegante por baixo de seu couro precioso. Em seu corpo, que tantos prazeres lhe dera, se descortinava um inimigo infiltrado. Caio e sua mãe ainda riam das suas caretas. Ele mesmo, quando via uma foto de si mesmo sustentando a pele em posição tão miserável, iniciava um princípio de riso que rapidamente era interrompido pelo lembrete ardente, queimando o seu abdômen mais uma vez, anunciando que ele ainda não estava curado. Seu corpo era um monge medieval que lhe proibia o riso. *Ridendo castigat corpora.* No mesmo dia forçosamente estático, ele baixou e assistiu a *O Nome da Rosa*, cujo livro ignorava, mas que mencionava um segundo tomo da *Poética* de Aristóteles, dedicado à comédia. Aquela dor medicinal não seria nada de mais, se comparada com a desgraça dos homens, com o peso das histórias que ficaram; o cinema nunca lhe permitia esquecê-las, apesar de jamais tê-lo feito *sentir*, sequer se *compadecer* de tantas vítimas ficcionais, mesmo com tantos filmes chocantes, ele apenas sentia por si mesmo. Havia sempre o olhar do técnico, numa cena macabra, da mesma maneira que sua ferida incrivelmente dolorosa era observada com frieza especializada pelos funcionários que o rodeavam. "Maior é a dor do parto", disse-lhe uma enfermeira, o oposto estético da morena maravilhosa que lhe extraíra os dois litros de urina. A ele não servia de argumento que parasse de relinchar somente por causa do desafio de tamanho réptil que, por sua vez, talvez nunca tivesse parido. Todo mundo sabe o curso da vida. Nascer, crescer, reproduzir, morrer. Os deuses e Darwin hão de concordar. Por isso grande parte das mulheres espera a dor suprema, o parto, desde sua infância mais macia. Sonham com isso. Torcem, vibram, e não podem ouvir uma notícia de gravidez sem sentir o útero latejar. Ao menos é o que haviam ensinado a ele durante a vida inteira. Na verdade, Ernesto nunca havia discutido a respeito com alguma mulher, e nunca tinha lido nada mais profundo sobre esse assunto. Fez uma nota mental de que tentaria saber mais, quando estivesse melhor (nota mental logo esquecida, afinal *ele* não era machista...). Porém não precisava de nenhuma pesquisa para saber que homem algum, por outro lado, espera nascer, crescer e ter suas partes inevitavelmente cortadas. Talvez alguns pensassem assim nas épocas das grandes guerras, ou em lugares e batalhas igualmente inóspitas, mas o homem moderno não espera que lhe fatiem um pedaço do corpo como condição geral e inapelável da existência. Um parto pode fazer parte da vida de qualquer mulher; foi assim que todos começaram a existir. Mas qual homem se submeteria a situação parecida com tanta felicidade?

Após algumas semanas de convalescência, em que assistiu freneticamente aos filmes que figuravam nas melhores listas de clássicos, enquanto procurava se distrair de suas dores, Ernesto passou a nutrir uma relação visceral com o cinema; uma relação inexplicável, completamente diversa do tecnicismo crítico-acadêmico que antes viciava o seu olhar.

***

Essa condição inevitável, a reprodução, entrava em conflito com a promessa de Ernesto em evitar os hospitais. Sair do inferno é o suficiente para esquecê-lo. Em pouco tempo, tinha se esquecido das debilitações da cirurgia como quem esquece o pão comido, assim como se esqueceu da nota mental feita durante a dor. Bastou voltar rapidamente aos corredores brancos do hospital, para que todo o seu sofrimento viesse à tona, ironicamente, por causa de uma possível gravidez.

Ernesto continuava empacado diante da porta azul-marinho que lhe separava de uma informação que mudaria sua vida, mesmo ele já sabendo o conteúdo. Anna Lívia o obrigou a entrar e ele se viu sem palavras. Se cruzasse de volta aquela porta, o sacana do obstetra se lembraria de sua cara?

O dr. Rafael Lobo era jovem demais para estar ali, numa posição de superioridade. Ernesto poderia naturalmente sair com ele e seus amigos, e não causaria estranheza; também parecia um garoto, com a barba escura, cuidadosamente crescida. Não era gordo e careca, nem compartilhava algum defeito físico ou tique nervoso, como deveria ser, quando ele pensava em médicos confiáveis.

— Ainda não dá pra saber se é macho ou se é do sexo masculino — gracejou o médico e começou a gargalhar de sua piada como um suíno que almoça as próprias fezes.

Ernesto, o grande falador, continuava mudo.

Com toda certeza, o copo descartável solto na mesa ao lado do filtro jamais havia sido usado, e muito provavelmente fora deixado lá por alguém que puxou dois deles sem querer. Ainda assim, ninguém seria louco o suficiente para beber naquele copo abandonado, um desperdício de matéria, a não ser que não houvesse mais nenhum, situação em que as opções se restringem a não beber, a pegar o copo, a procurar algum limpo no lixo, a beber direto da torneirinha, ou a sair da sala.

O coraçãozinho do feto batia cento e cinquenta vezes por minuto, embora, com menos de seis semanas, o corpo inteiro não fosse maior que o coração de uma galinha. Para Ernesto, não passava de um símbolo de prisão e acidente, uma ilustração das cadeias e das consequências do risco. Para Anna Lívia, a prova viva de que o mundo passaria a girar em torno de outros umbigos.

Quando saíram na Hilux sem retrovisor, ouviam em silêncio Janis Joplin (*take another little piece of my heart now, baby!*), e Ernesto ainda revia sua série de pensamentos. Um feto custava pra morrer e custava pra viver, essa era a verdade. A Hilux passou à toda pelo Othon Palace Hotel. Ele já havia decidido, mas ainda tinha que verificar certos detalhes, antes de ligar para Crocodilo. Não poderia em hipótese alguma estar vinculado ao roubo. Pensava em convidar para fazer o trabalho sujo um guitarrista alcoólatra que conhecera na noite anterior, mas de quem já tinha ouvido falar muito antes. Detestou dirigir a palavra ao rapaz, que era fanho, e certamente não se tratava de uma boa pessoa, mas haveria de servir, se conversassem em bons termos. Ernesto não pretendia perguntar a Anna Lívia o que ela achava do aborto; assumiria a decisão sozinho. Estava no auge do vigor físico e ainda demoraria a perceber que o alívio não deixa sequelas, e o que realmente persiste é a memória dos piores momentos.

Lerdo, míope, sonolento, Ernesto não se deu conta da tragédia que ajudara a arquitetar. A manhã se despedaçava como um rolo de papel higiênico próximo do fim. Seu quarto continuava escuro, com duas cortinas de lona fechando as entradas de luz. Sua paisagem era a de uma parede, como a vista de Bartleby. Não gostava do risco de ser filmado por algum de seus vizinhos. Os primeiros focos de luz que alcançavam a retina eram os de seu laptop, e entre infinitas sequências de letras, palavras, frases que o mundo tinha a lhe mostrar, nenhuma exigia muito de suas sinapses elétricas. Um *fake* idiota havia comentado palavras vulgares em seu mural, dito que ele era um crítico frustrado que só abria a boca para humilhar, se vangloriar, ou levar vantagem sobre seus interlocutores. Uma frase musical ressoava à distância, no fundo de seus pensamentos, sobrevivendo aos seus sonhos desfiados como um naco de carne seca. Quatro notas curtas, uma mais longa — fúria. Nenhuma palavra. Então uma notícia promissora.

Tiroteio no Centro provoca tumulto

Ele abriu a página, mas não a leu de imediato. A canção, o curto trecho, ressoou com mais importância. Certamente tinha ouvido em algum filme recente. Nada de Tarantino, Stone ou *Breaking Bad*, que ele conhecia como seu polegar. Não encontrou um caminho por onde seguir. Talvez tivesse ouvido em algum boteco. Mas sabia que as coisas sempre davam certo para ele. Eventualmente haveria de ouvi-la por acaso em algum lugar, e então estaria atento o bastante para anotar um trecho da letra e pesquisar com tranquilidade. Não fazia sentido desperdiçar uma bela manhã procurando sabe-se lá onde uma canção estranha, porém familiar. E ainda assim o trecho furioso o incomodava, como a suspeita corrói os amantes ciumentos. Muito mais instigante ouvir uma canção por acaso e tentar descobrir qual é, que ler tudo sobre um disco desconhecido (ou sobre as cinquenta melhores canções do ano) e ir lá ouvir uma a uma. Mas sua busca era em si um disparate: encontrar aquela canção era mais difícil que elaborar uma teoria que unificasse as forças motoras do universo. Ao menos tinha *alguma* letra. Por anos procurou a "Dança do Sabre", de Khachaturian — uma música instrumental que, assim como o "Tico Tico no Fubá", todo mundo conhece, mas ninguém sabe o nome ou quem compôs, ou mesmo onde chegou a ouvi-la — até que a escutou num episódio dos *Simpsons*. Ele não era estudioso de música erudita, mas gostava. A não ser a complicadíssima música atonal, que ele achava uma merda, pois nunca tinha percebido em um filme, e se uma música não servia para embalar um fugitivo, ou adoçar um beijo, ou aterrorizar uma adolescente solitária, ou animar uma perseguição, uma foda, uma festa, uma explosão, ou seja, para melhorar qualquer cena filmada, era porque ela não valia uma bosta de cachorro. No celular havia uma mensagem de uma ex-namorada que não largava seu pé, datada da noite anterior:

FOR WHEREVER THE SUN RISES AND SETS IN THE CITYS TURMOIL OR UNDER THE OPEN SKY IN THE FARM LIFE IS MUCH THE SAME SOMETIMES BITTER SOMETIMES SWEET

Ernesto a apagou como se de uma bomba se tratasse. Nenhum sinal de Anna Lívia. Ficou cego por alguns instantes, pois sua mãe abriu a porta repentinamente, dando passagem a uma luz perfurante, com a desculpa esfarrapada da inspeção de limpeza, a mesma que usava todas as sextas.

Alguém havia compartilhado uma lista que o reteve por um tempo, "Dez lugares que pareciam de outro planeta". O Vale da Lua, na Chapada dos Veadeiros (Brasil), a belíssima sequência dos paradisíacos Lagos Plitvice (Croácia), Mina Naica, a Caverna de Cristal (México), as Colunas de Basalto, que parecem colmeias de abelhas (Irlanda e Escócia), o campo de golfe do diabo, no Vale da Morte (EUA), os lagos multicoloridos de Kilkuk (Canadá), os vales secos (Antártida), o Solar de Uyuni, com um lago de sal (Bolívia), árvores bizarras em forma de cogumelo (Ilhas Socotra), e a floresta de pedra (Madagascar). Não conhecia nenhum desses lugares, e se sentia infeliz por isso. Viajava muito pouco, em comparação com seus amigos virtuais.

Havia algo ainda, entre todas aquelas páginas abertas.

> **Tiroteio no Centro provoca tumulto**
> Troca de tiros pela manhã, próximo à Praça Castro Alves, no Centro de Salvador, deixou a população em pânico. Não se sabe ainda o motivo dos disparos, mas acredita-se que dois bandidos fugiram após realizar um assalto a um dos estabelecimentos comerciais da região. Testemunhas estão sendo entrevistadas. Vários automóveis foram danificados. No momento, ainda não há dados sobre mortos ou feridos.

A notícia que leu não era imediata aos fatos. Aconteceu no horário previsto, e ainda estava cedo. Ele podia se dedicar a *Gods of War* até o momento de entrar em contato com Crocodilo. Ligou para o celular de Anna Lívia, e ela não atendeu, mas pensou mesmo foi no *fake* idiota, que tinha chamado ele de crítico frustrado. Ah, como odiava esses covardes que se escondiam sobre o véu luminoso da tela. Não existe vergonha ou decência nessas condições. Tudo é permitido. Ele ao menos era homem para assinar suas próprias opiniões.

Sua mãe murmurou algo que ele concordou sem entender. Seus objetos se misturavam em suas estantes, formando uma estranha unidade. Desenhos, filmes, vinis, quadrinhos, e até uns romances de Philip Roth, George Orwell e José Saramago, além de uma pilha de jogos que ele não usava mais, tudo deitado aos montes, entre obras que não podiam ser vistas.

Não precisou morrer muitas vezes até perceber que não estava concentrado o bastante para jogos de ação. Sua mãe voltou com um sanduíche muito verde, provavelmente sem sabor, que ele aceitou na esperança de ficar em paz.

Deixou o laptop ligado, para o caso de aparecer alguma coisa, e jogou *FIFA 13*, recém-lançado, até seus polegares começarem a latejar. Não havia tantos problemas com o esquerdo, que controla a marcha do *joystick*, um esforço menor. Por outro lado, o direito, responsável por apertar os botões de chutes, doía inexplicavelmente. Não se lembrava onde tinha se machucado. Estava um pouco roxo. O sangue parecia ter parado de circular, e ele dava leves apertões.

— Eu não sei pra que você precisa desse computador novo, se já tinha o outro — disse Mariana, espanando-o.

— O outro é *desktop*, mainha. Eu tinha que ficar sentado naquela cadeira pra usar. — Ernesto mudou o laptop de posição.

— Acho melhor sentar lá que ficar desse jeito, todo troncho, brincando deitado na cama.

— Mas aí é diferente. Meu laptop eu levo pra onde quiser. — Abriu o laptop. Pausou o jogo. — E não estou "brincando".

— E no final das contas fica aí sentado na cama jogando *vijogame*, sentado do mesmo jeito — comentou ela, saindo do quarto.

Ernesto conectou mais uma vez, mas não se lembrou de olhar as notícias. Ligou duas vezes para Anna Lívia, e ela não atendeu. Seu pai não se pronunciara. Recebeu uma mensagem de Moraes, lhe lembrando da manifestação. Não tinha intenção de ir. Ficaria parecendo que foi Crocodilo que proibiu, mas não havia o que fazer. Acendeu um baseado para relaxar, sem se preocupar com as ordens de seu pai, já que finalmente iria embora à vera. Não era romântico o bastante para se imaginar de mãos dadas com a namorada, em trigais ensolarados circulando moinhos de vento feitos de tijolinhos vermelhos, ao som de Mozart ou Vivaldi, e ainda assim, era *exatamente* no que estava pensando — em uma vida de propaganda de banco ao lado de Anna Lívia —, apesar de preferir devanear sobre as outras viagens que faria, sobre os filmes que poderia realizar, com a grana que estava prestes a receber, sobre todos os shows, bares, e restaurantes descolados que haveria de frequentar quando fugissem para São Paulo depois do aborto.

O odor pungente da fumaça se impregnava no guarda roupa, no teto de madeira, no carpete, na parafernália espalhada pelo quarto. Um amplificador fora da tomada, uma caixa com joysticks, cartuchos e consoles de Master System II, Mega Drive III e SNES, alguns exemplares empilhados da revista Piauí, uma bola de futebol murcha, um *cajon*, e um violão verde-abacate, que ele pegou para passar o tempo. Não conseguiu segurar com firmeza o braço do instrumento, pois o dedão ainda doía, mas ainda assim soltou um sol sem pestana, sem saber exatamente o que estava tocando. Talvez não devesse ter contado sobre o crime para Anna Lívia. Ela andava muito fria desde a notícia da gravidez.

Hora do encontro com Crocodilo. Ernesto vestiu uma camisa de botão xadrez, calça jeans e tênis *all star*. Deixou sua mochila. Apesar de não fazer sol, levou os óculos escuros por prevenção. Resolveu ir de ônibus para a Lapa, pois sabia que não haveria onde estacionar se fosse de carro, nem que quisesse pagar caro. Não iria desperdiçar quinze, vinte reais pegando um taxi da Barra pra lá, sendo que havia ônibus com uma boa frequência. No momento em que pisou na calçada, um vento forte o pegou de surpresa, seguido de gotículas geladas, crescentes, dominantes, como um exército que ataca na calada da noite. Esqueceu o guarda-chuva e não tinha dinheiro suficiente no bolso. O jeito foi disparar em direção ao ponto de ônibus, na Orla.

A chuva estava mais forte ao redor do Farol da Barra. Debaixo da pequena proteção de plástico do ponto de ônibus, as pessoas se amontoavam como grãos de areia. Ernesto levou um pisão no dedão do pé, e olhou com raiva para a descarada que simplesmente fingiu não ter percebido a agressão. E podia não ter visto mesmo, cada ônibus era estreitamente vigiado.

O Lapa chegou rápido. Ernesto pulou para dentro daquela lata de sardinhas, acreditando que a fortuna começava a girar em seu favor. A chuva engrossou; a cidade parou. O traficante não saiu pra dar uma volta, pois sabia que o cliente também não tava lá. Faltava oxigênio. O ar que circulava era acre, escasso, pois todas as pessoas haviam fechado as janelas com medo de se molharem. Bastaria uma só se sacrificar a levar umas gotas d'água no lombo, ou a viajar de pé, deixando o banco receber a chuva, e o conforto daquele ambiente seria outro. Mas aquelas pessoas eram versadas no exercício da impiedade, ninguém se importava com aquele desconforto, contanto que estivesse seco e sentado.

Ele mesmo, quando conseguiu um lugar, agiu da mesma forma.

Ao lado de seu assento havia uma mensagem: "RESERVADO PARA O USO DE PESSOAS OBESAS". São muitos os motivos para que uma pessoa fique deficiente, pensou Ernesto, todos bastante trágicos, mas não via razões para liberarem cadeiras para um obeso mórbido responsável pela morte de uma dezena de animais em troca de sua satisfação pessoal — bichinhos devorados sem piedade, como se o gordo tivesse realizado o trabalho de um bando de pedreiros. Aquilo estava errado. Em vez de se aproveitar da boa vontade dos povos e dum desenho idiota no vidro duma janela que não abria, eles deviam mexer suas bundas gordas e puxar ferro, como ele fazia mesmo sem gostar.

Já estavam nas alturas do Corredor da Vitória quando entrou uma mulher rechonchuda, uma obesa vívida, em sua percepção, usando um vestido florido, arroxeado, semelhante a enfeites de botijões. Ela se aproximou, roçando sua barriga na mulher ao lado de Ernesto, que se sentava diante do corredor. Ficou lá de pé, junto a eles.

— Ai, meu Deus, estou tão cansada!

Todos a ignoraram. Ernesto se esforçou para olhar pela janela.

— Vida de gorda é difícil! — disse, fungando em cima de Ernesto e sua vizinha. — Ou melhor... de *obesa*!

Ernesto continuou a ignorar o botijão impertinente.

O exercício da impiedade.

A mulher continuou a lamúria.

— Ainda tenho que ir na Lapa, no Campo Grande, e depois no Hospital Português, tudo de ônibus. — Uma idosa, sentada no banco da frente, olhou para trás. — Ai, se eu não fosse tão *obesa*, com certeza eu ia dar meu lugar pra gente *assim*. — Apontou para a própria barriga. A idosa riu. Ernesto virou o pescoço quase que involuntariamente. A obesa olhava diretamente para ele, que tentou disfarçar e olhou além, para a outra janela, mas sem perder a visão dos cantos dos olhos. A mulher não lhe pareceu tão gorda assim...

Na praça de alimentação do Center Lapa sempre havia mais gente do que cadeiras. Serviam-se com minúcia japonesa, para o prato não pesar; estranhos se acotovelavam debulhando camarões, jovens destroçavam seus sanduíches em pé, filas entupiam a passagem, senhoras fartas esperavam um lugar como serpentes prestes a dar o bote, uma guria dançava em cima de uma mesa; Ernesto não via como encontrar Crocodilo ali. Observou uma garota tatuada e por um momento imaginou ser Anna Lívia. Automaticamente olhou em sua direção, foi até lá, pensando em lhe questionar por que não atendia suas ligações, mas percebeu o engano a tempo de evitar o vexame. Pegou o telefone e encontrou uma Nova Mensagem, de Crocodilo, dizendo que só havia o saco de joias e nada mais, no container de lixo. Estava prestes a entregá-lo ao patrão.

E o dinheiro?

Ernesto ficou vermelho e sentiu o rosto queimando, como uma pimenta malagueta numa panela de pressão. Segurou o celular com força, desejando arremessá-lo em alguma parede, porém só viu lojas e mais gente; pensou em esmurrar todas elas: ficou ainda mais vermelho. Os braços ficaram rígidos, as veias do pescoço se dilataram, o olho começou a tremer, até que não aguentou mais.

— Filho da puta! — gritou, com voz esganiçada. Parte da praça se calou por um segundo.

Havia poucos anos, na véspera do natal, o dia mais lotado do ano, algumas pessoas, três ou quatro conhecidos entre si, começaram a brigar naquele mesmo shopping. Quem estava de fora, temendo um assalto, fugiu aterrorizado, alardeando aos quatro ventos sobre o que estava acontecendo lá dentro. Em poucos minutos uma manada de zebus assustados estava se atropelando para sair dali. Na rua, quem viu aquela horda de tártaros correndo numa mesma direção, imaginou tratar-se de um arrastão, prática com a qual convivem sazonalmente, e assim também correram em sua companhia, aumentando a turba de guerreiros em retirada. Os três ou quatro surdos-mudos que começaram a confusão foram presos, mas os prejuízos foram incalculáveis.

Temendo um desfecho parecido, o segurança o convidou a esfriar a cabeça em outro lugar. Para evitar que lhe chutassem para a chuva, Ernesto tentou se controlar. Saiu da praça, comprou uma água mineral e foi para as escadarias, lugar bem mais vazio. Por sorte não havia encontrado onde espatifar seu celular. Três adolescentes estavam fumando, então desceu uma leva de escadas para ficar sozinho, e ligou para Crocodilo, que finalmente atendeu.

— Porra, velho, cadê você? — Tentou conter sua raiva apimentada.

— Se liga, bróder, fiquei mais de uma hora esperando Pico. Lá no comércio. Cê tá ligado. — Crocodilo também não soava tranquilo, mas em vez de raiva, parecia temeroso.

— Oxente, como assim? — Ernesto se sentou num dos degraus.

— Parece que deu merda com as joias também, sacaninha. Ninguém sabe onde tão a desgraça do Maguila e seu bróder lá. Cadê aqueles filho da puta?

— Porra, carai, sei lá, man.

Um homem de paletó subiu apressado, e ele teve que se afastar um pouco.

— Aí é barril — respondeu Crocodilo. — Pois é. Escuta, aparece de tardezinha no prédio de Pico lá em Ondina, pra gente ver direito que merda foi que aconteceu.

— Que apartamento em Ondina?

Crocodilo explicou onde era e encerraram a ligação. Ernesto não iria lá nem que lhe prometessem o paraíso islâmico. A esperada emboscada. Poderia ter o destino de Sonny, em o *Poderoso Chefão*, que é movido pela ira e lhe pegam quando ele estava prestes a dar uma sova no marido de sua irmã. Em *Gabriela*, o casal de golpistas é movido pela ganância, e os dois são pegos após tentarem passar a perna no Coronel Ramiro. Butch, o pugilista de *Pulp Fiction*, é movido pelo respeito, e quase lhe pegam quando adia sua fuga para recuperar o relógio de ouro que herdou de seu pai. O protagonista de *Spoorloos* é movido por sua extrema curiosidade e... Nada disso lhe servia. Preferia escapar ileso e tranquilo, ainda que sem uma solução.

Uma menina com a cara estourada por espinhas desceu a escada e se sentou alguns degraus abaixo do seu para comer uma odorosa marmita de arroz, feijão e linguiça. Ernesto saiu das escadas e voltou para o shopping. Ligou para Bob, o guitarrista fanho que ele havia chamado para executar o crime, e depois para Anna Lívia, e recebeu a mesma gravação automática de sempre. Chegou a imaginar um complô entre os dois, mas o pensamento não foi adiante, pois de repente se lembrou de seu pai.

Os tiros não estavam previstos.

— Puta que pariu! — gritou, puxando os cabelos. Não foi preciso um aviso do segurança para que ele se dirigisse à saída.

Uma senhora larga como uma Kombi estava estacionada diante da saída, travando a passagem. Estivesse ali no dia certo, e conteria a sandice das multidões amedrontadas, como uma rede que agarra borboletas azuis. Ele a reconheceu, era a gorda do ônibus, que reclamava da vida em voz alta, sozinha, que agora de fato lhe parecia demasiado *obesa*.

— Hoje em dia tudo é tão difícil! Ah, no meu tempo...

Ernesto avançava de um lado para o outro, tentando circulá-la.

Nem parecia que era o mesmo dia quando finalmente escapou do shopping. O céu estava radiante, apesar das poças de água que a chuva deixara para trás. Algumas pessoas se aglomeravam em um ponto específico da calçada, como se apenas ali não tivesse chovido. Uma multidão era sinal de promoção ou gente machucada, e um miserável com uma câmera na mão e nenhuma ideia na cabeça lhe confirmou a segunda hipótese: uma jovem caída tendo uma convulsão. Ernesto a ignorou e caminhou até a Avenida Sete pela rua 21 de Abril.

Atravessou a *via crúcis* do comércio de cacarecos. As músicas da moda nas caixas de som dos vendedores ambulantes se repetiam como o trabalho de Sísifo. As pessoas se empurravam, escarravam, peidavam, gritavam. Um homem magro como um guru indiano gritou em seu ouvido: "ninguém pode abrir ovo, coco ou melancia antes de pagar! O ovo vem goro, o coco vem seco e a melancia vem estragada. Meu elixir está aqui aberto para quem quiser ver!". Nada mais que alguns metros numa rua de ligação. A Avenida Sete cruzava a parte antiga da cidade; quilômetros de bugigangas. Ernesto desviou de algumas barracas, comprou um boné branco e um par de óculos escuros. Sentiu o celular vibrando no bolso, o que lhe deixou ao mesmo tempo aliviado e ansioso.

Era apenas Moraes, que esperava pela manifestação sozinho na Praça do Campo Grande. Ernesto leu a mensagem (*kdvcs n tem qse ngm aki*) e fez um *pfff* com o canto da boca. Depois chamou o Praça da Sé.

O ônibus lhe consumiu as últimas moedas, pois não aceitava o cartão de desconto para estudantes. Ernesto desceu próximo ao Elevador Lacerda e passou no débito um sorvete de coco que decidiu tomar antes de enfrentar o cenário daquele *thriller* nefasto. O sol agora pintava a cidade com tons menos brilhantes, como se tivesse decidido entardecer, porém era mais cedo do que Ernesto pensava, e um sino tocou quatro vezes, quando ele entrou em um banco para sacar dinheiro. Estranhou a quantidade incomum de automóveis grandes, caminhões hercúleos, ao lado do Palácio Rio Branco. Logo descobriu tratar-se de uma filmagem com atores famosos, que às vezes acenavam para a multidão que se debruçava diante da fita de isolamento, sem saber o que esperar de seus minutos seguintes. Longe de se interessar pelos atores, Ernesto se maravilhou foi com todo o equipamento de filmagem que vislumbrou dentro de um dos caminhões, mas a multidão praticamente o expulsou dali quando uma atriz se aproximou da janela, um andar acima, sorrindo e acenando.

Em seguida ele passou por um prédio marrom como madeira chamuscada, semiabandonado, cujas janelas e parapeitos não eram mais usados. Algumas linhas curvas da estrutura de alguma maneira lhe remetiam às obras de Gaudí, mas a construção, como muitas outras, era praticamente imperceptível ao caminhante comum, que só notava seus térreos preenchidos por placas de polímero com o nome de todos esses restaurantes iguais, peças de uma modernidade tediosa e pré-fabricada.

O sambista Riachão, o homem mais negro da Bahia, surgiu de repente, sorrindo, saltitante como Pã, com uma bolsa *jeans* ao lado da cintura, gritando para ele.

— Peraí, menino! — O músico tirou duas balinhas ardidas e entregou ao aspirante a cineasta. — Cada macaco no seu galho! — gracejou.

Não deveria, mas isso deixou Ernesto feliz como uma criança.

Havia menos movimento que o esperado diante da joalheria. A rua estava mal-assombrada por causa do tiroteio, as pessoas ainda a evitavam. Todas as lojas estavam fechadas. Sacos de plástico e pedaços de papel voavam com total liberdade. Ao ver a mancha de sangue, debaixo do toldo de um boteco, Ernesto se aterrorizou.

Havia causado a morte do próprio pai, o óbvio ululante, que ele sequer cogitara até então. Mais uma volta do maquiavélico moinho do destino. Apenas a sequência natural do giro do mesmo motor que o conduzira ao amor de sua vida. Anna Lívia engravidou, Crocodilo fez uma proposta inaceitável, e agora ele teimava para evitar que lágrimas se misturassem à poça de sangue, que por sua vez já estava diluído pela água da chuva. Ele era o culpado.

Era possível, enfim, vingar-se do crime de deixarem-no nascer, porém jamais imaginou quão amarga seria a sensação, mais persistente do que uma dose de jurubeba. De maneira alguma o assassinato de um homem inocente era a purgação e o castigo pelo crime de tê-lo gerado. Consumia-lhe como uma brasa ácida a ideia de que aquele feto inexpressível na barriga de sua mulher também pudesse um dia querer se vingar dele por colocá-lo neste mundo. O crime de seu pai era seu próprio crime, o crime de toda a humanidade — nem por isso haveriam de se destruir, todos, um a um. Não tinha estrutura para que o odiassem, para uma vingança contra suas células preciosas. Tantas pinturas, estátuas, altares, floreios, cruzes, cânticos, sinos, torres, e nada significavam! Desejava curar-se com a facilidade de um pecador barroco, que sempre encontrava o perdão, por maiores que fossem as suas faltas; mas aquelas eram as culpas de um cético; não podiam ser purgadas por entidades invisíveis.

Tremia, suava, o sangue pulsava em ritmo lento, as pontas dos dedos da mão adormeciam, exceto a do dedão arroxeado, que Ernesto sentia em sua plenitude. As lágrimas se acumulavam em seus olhos. As respostas biológicas, também invisíveis, tampouco expurgavam sua miséria existencial. Torcia para que sua angústia terminasse logo, que aquele mundo deixasse de existir. De nada lhe importava o que aconteceria dali a mil anos, quando ele não seria nem mais um cadáver, e ninguém prestaria atenção nas besteiras cometidas por ele. O que era aquela gota de horror perto de todas as tormentas engendradas pelos terríveis homens no poder, perto das calamidades dessas pessoas realmente malvadas? Como não podia adiantar a carruagem, precisava verificar a muralha de sua vida em busca de uma fissura. Onde ele tinha errado, o que poderia ter sido feito? Um leve empurrão em seu pai, ou outra maneira de conseguir o dinheiro, ou camisinhas, ou as chaves do carro escondidas, ou um assaltante que usasse revólveres de brinquedo. De acordo com Newton, o tempo absoluto, verdadeiro e matemático, flui uniformemente sem relação com qualquer coisa externa; o espaço absoluto, pela sua própria natureza, sem relação com algo externo, permanece imóvel e semelhante, sempre; mas são as relações entre o tempo e o espaço que definem sua importância para nós. Qualquer um pode segurar uma bala de revólver entre os dedos, apertá-la contra o peito, e seguir tranquilamente com sua vida. Não há preocupação até que esta bala perfure o tempo e o espaço, e atravesse a carne de seu coração. Sem eles — o tempo e o espaço — tudo permanece inviolado. A própria existência, e tudo que a definirá posteriormente, é a conjunção da matéria com o local adequado e o exato milésimo de segundo.

Ernesto haveria de raciocinar com frieza, não estava preparado para cair nas mãos da lei do Estado, ou na dos homens. Além disso, molhava suas têmporas, em concomitância com sua angústia, as pitadas de alívio que sentia. A falta de notícias de Bob era uma boa notícia. Ao menos ele, o filho da vítima, embora tivesse composto aquele roteiro demoníaco, jamais havia tocado numa arma de fogo. Sua esperada recompensa agora não passava de um devaneio distante.

No entanto suas lágrimas lavavam sangue alheio. Sangue inocente, sem dúvidas, mas não o sangue de seu pai. Aquela poça da cor de suco de melancia tinha origem em veias desconhecidas. Por um velho conversador, bem vestido, mas de prosa monótona, uma testemunha ocular que dava uma entrevista para várias emissoras ao mesmo tempo, Ernesto descobriu que o proprietário da joalheria saíra ileso do assalto, assim como os bandidos, aparentemente.

Não procurou se informar sobre a vítima do ataque que planejara. Livrou-se de sua amargura como se ela tivesse sido extraída de seu corpo com uma seringa e nele houvessem injetado desprezo, raiva, desconfiança, qualquer outra coisa no lugar. Agora Ernesto também precisava lidar com a possibilidade de seu pai ter descoberto alguma coisa. Apesar da confiança inocente da mãe, ele realmente acreditava que seu pai era um homem perigoso. Ainda que não tivesse provas concretas, tinha certeza de que o velho era louco o bastante para se arriscar a escorraçar ele mesmo os bandidos. Nada de mais pra quem escapou ileso de uma ditadura.

No papel de filho da vítima, Ernesto perguntou para um policial onde estava seu pai.

— Depois de dar o depoimento, ele preferiu que não avisássemos à família, e se negou a ter o nome divulgado na imprensa. — O policial se esforçava para demonstrar profissionalismo. Falava com solenidade, como se desse uma entrevista para a TV, e fingia ler algo numa caderneta. — Depois disso saiu sem avisar o destino.

Não era por medo de uma perseguição; mas um sujeito como seu pai não confiava na justiça estabelecida. Ernesto intuía onde ele pudesse estar. O velho dava suas escapadelas com frequência. Um dia, quando ainda trabalhava na joalheria, Ernesto o seguiu até um pequeno prédio antigo, quase rosa, da cor do endocarpo de uma goiaba abandonada, pois a pintura laranja estava desbotada onde não tinha se descascado. Situava-se na Joana Angélica, entre o Fórum Ruy Barbosa e rua da Mouraria, e não tinha porteiro. O Papá em pessoa abriu a grade azul, com uma chave de um molho que Ernesto nunca tinha visto.

— Minha mãe, por que painho não investe em imóveis? — perguntou Ernesto, pouco depois disso, enquanto comia um sanduíche de pepino.

— Sei não, Neto. Sabe que eu nunca pensei nisso? — comentou, pensativa, preparando outro para ela. — Mas posso falar com ele.

— Não, não. — Ele engoliu sem mastigar direito. — Só perguntei mesmo. Ele sabe o que faz.

Só no fim de semana encontrou oportunidade de afanar o molho de chaves do paletó de tweed verde-escuro que o pai usava mesmo nas manhãs de mormaço, se fosse dia de trabalho. A chave do alarme e a da porta de vidro da joalheria não estavam nesse molho, pois seu pai sempre as carregava consigo. Ernesto mandou copiar as doze chaves numa banca do Largo da Graça, apesar de haver uma na sua esquina. Agonizou com a demora, mas não queria correr o risco de fazer isso muito perto de casa.

No domingo, enquanto o velho assistia ao jogo do Bahia, Ernesto testou várias chaves até conseguir abrir o portão. Eram todas parecidas entre si. O prédio tinha quatro andares, mas não tinha elevador; logo ele deduziu que não poderia estar nos andares superiores. Moraes com frequência dizia que seu prédio tinha dois porteiros: o oficial e um sacizeiro que morava em sua porta e lhe dava boa noite em todas as chances que tinha, se apoiando nas grades da entrada como um prisioneiro em sua cela. Não era longe dali, na rua São Bento, e o prédio de seu pai se parecia bastante com o dele.

Como não podia sair enfiando a chave em qualquer porta, e para evitar sopapos desnecessários, Ernesto analisava cada uma delas antes de testar as chaves. Evitou portas entreabertas, com barulho vindo de dentro, ou com tapetinhos; subiu uma leva de escadas. No primeiro andar, bateu numa porta várias vezes, o bastante para lhe encorajar. Nenhuma das chaves girou a tranca, e ele já estava demorando demais. No segundo andar, havia três possibilidades. Bateu em uma, e após testar três chaves erradas, ela se abriu de repente, empurrando-o para trás. Ele deu de frente com um homem grande como um tiranossauro.

— Qual foi? — O homem estava suado; usava somente um par de havaianas azuis e um short de seda marrom.

— É... Meu patrão me pediu pra pegar aqui. Pra ver. Tou com as chaves. O apartamento.

— É o quê, macho?

— Um senhor de uns 50 anos. É...

— Tou comendo esse reggae não, *vu*! — Ele já estava pronto para fechar a porta quando uma moça franzina enrolada num lençol azul-piscina, com as pontas dos cabelos pintado de rosa, colocou o pé para evitá-lo.

— Espera! — Ela também estava suada. — O que foi?

— Esse maluco... — O tiranossauro apontou para Ernesto com o nariz.

— Meu patrão. Um senhor. — Ernesto sorriu repentinamente, sem graça. — Ah, veio aqui terça meio-dia!

— Ah. Aquele velho mal educado! Ali! — apontou a moça com irritação.

Bateram a porta antes que ele pudesse agradecer.

Era ao lado de um cafofo que arrotava barulho. Ernesto entrou devagar. O revestimento de madeira em que pisava estava coberto por uma fuligem fina, que ainda não dava conta de enegrecer o local. As paredes haviam sido pintadas fazia pouco tempo. Além do cheiro forte, que o fez espirrar, um balde de tinta branca era evidência da mudança recente. Não tinha um móvel sequer. As carapaças de algumas baratas secavam ao longo do piso. Era enorme, e algumas das chaves do molho serviam naqueles quartos. Para a sua decepção, não havia mais o que fazer ali, e Ernesto foi embora. Voltou algumas vezes, mas logo parou de se importar com aquele esconderijo secreto.

No dia do assalto era a quarta vez que entrava lá. Em mais de um ano não se interessou por ele, pois nas duas outras vezes, em semanas diferentes, não encontrara nada de especial. Nessa última vez, o apartamento era de uma organização militar. Muito espaço para poucas coisas. Uma grande cortina azul escuro dividia a sala em duas, uma com um pequeno piano, cadeiras, uma vitrola sobre um rack recheado por uma coleção de vinis das Grandes Vozes, e outra cortina, delicada, que tapava a janela para a rua. Do outro lado havia uma mesa de jantar para seis pessoas, sem toalha ou adornos, e a continuação da cortina fina. Ao lado da sala, um quarto pequeno.

Antes que pudesse averiguar os outros cômodos, Ernesto ouviu aquela voz tão familiar saindo de dentro do quarto, e se escondeu na cozinha, o único cômodo sem porta, atrás da geladeira.

— Pois é... Tôni. Eu que não vou deixar uma porra dessas na mão da polícia. Espera um minuto.

Ernesto apalpou seus bolsos, quando, por sorte, ouviu o barulho da porta do quarto se abrindo. Suas chaves não estavam consigo. A porta se abriu e a voz ficou mais clara.

— Então eu dizia... Resolve esse perrengue aí pra mim, que depois a gente acerta.

O Papá colocou algo pesado em cima de uma cadeira, pôs Sinatra na vitrola, e se demorou um pouco. Sob a melodiosa camada do vinil, Ernesto conseguiu ouvir o ruído da dentada dos suspensórios sendo soltos das calças. Em seguida escutou passos nus, pesados, em direção ao banheiro. Não ouviu barulho de porta, e por isso primeiro passou a metade de sua cabeça, para conferir o que o pai estava fazendo. Na mesma hora, escutou o barulho do chuveiro sendo acionado e escapou como uma ratazana até a sala. Havia deixado suas chaves sobre alguns discos.

Todas as roupas estavam dobradas e guardadas sobre uma cadeira, cobertas pelo casaco de tweed. O celular naquele bolso o tentou. Estava no silencioso. A última ligação recebida era do mesmo número para quem seu pai havia ligado alguns minutos antes. Ernesto o anotou no próprio celular.

Deduziu que o pai planejava uma vingança, mas ele poderia se aproveitar disso. Se aquele tal de Tôni fosse mesmo bom, poderia encontrar o filho da puta que tinha metido a mão nos espólios do roubo. Bastava ligar e mandar o cara para o apartamento de Pico em Ondina, onde Crocodilo tinha combinado de se encontrar com ele no final da tarde. Se fosse mesmo uma emboscada, como ele achava, o próprio Tôni pagaria o preço em vez dele. Se não fosse, descobriria a tempo. Espaço, tempo e informação: eis o que compõe o ser humano.

— *Buenas.* Ernesto, não é? Eu sou Tôni Lenhador, prazer. Como? Lenhador. Sim. Ah, porque uma vez eu abri a barriga do lobo, que tal? Ha ha ha! Não rapaz, que nada. Fala sério, onde é que eu ia achar um lobo? É só por causa de um machado que eu tinha, uma história muito velha. Quem sabe depois eu te conto. Mas então... O dinheiro já está na sua conta (acho que você já conferiu isso antes), mas eu quis que você viesse aqui em Ondina pra saber de tudo o que aconteceu. Eu sei que já tá tarde, mas a noite ainda é longa. Pra saber do jeito certo, você tem que ver. Então. Fez bem em me chamar, filho, porque você não tava mexendo com gente de bem. Olha que merda. Logo que eu cheguei na frente da porta percebi que tinha algo de estranho, porque tinha um barulho alto demais saindo daqui, uma música feia pra caralho, um funk em inglês, música do satanás. Eu abri a porta, entrei escondido até uma sala do lado do quarto e escutei a conversa de dois deles, porque o outro tava ocupado, gritando muito alto. Se tu for lá no quarto vai ver a sujeira. Eu não sei se alguém ia ajeitar depois, mas na verdade era um trabalho porco e eu não gosto de gente que resolve as coisas de qualquer jeito. Eu sou diferente. Pra você ver, resolvi meu problema com um deles aí nesse mesmo sofá que você tá sentado. Nem dá pra perceber, não é? Oxe, o que é isso? Senta aí, rapaz! Está duvidando de mim quando digo que faço um trabalho limpo? Senta aí e me ouve. A sujeira do quarto foi trabalho deles; eu que não vou limpar. Minha parte eu resolvi toda aqui na sala. Se você quiser, conheço quem pode dar um jeito naquilo depois. Raimundinho. Ah, Raimundinho é uma figuraça, na última vez que eu vi tava lá cantando "eles sujam, nós limpamos, eles sujam, nós limpamos" e ao mesmo tempo esfregava com um pano a sujeira na banheira, no chão, em cima de um espelho de um motel, lá no Imbuí. Eu não sei de onde ele tirou aquela música, ha ha ha. Já eu não limpo porra nenhuma, é a coisa que mais tenho raiva no mundo. Por isso já evito fazer meleira. Eu chamo Raimundinho porque não dá pra trazer minha esposa quando... Claro que tenho esposa, porra! Quer dizer que só porque faço o que faço não tenho o direito de ser feliz do modo convencional? Não. Nem ela nem meus filhos sabem de... Sim, também tenho filhos! Puta que pariu, você se acha melhor do que eu, não é? Que cara é esse? Isso, isso. Deixa eu continuar com a história. Eu dizia... Eu tava contando que vi os dois conversando, Pico e Adolfo, quando... Pico? Claro que conheci, mas aí é que tá, o chefe mesmo, ou pelo menos alguém mais poderoso que ele, é um tal de Benedito, que eu também tive o prazer de conhecer. O que tava gritando era Crocodilo. Ah, esse é o que você conhece, não é? Só ele? Sério? Pois bem, até agora eu só sei desses quatro, nada sobre os outros dois do assalto que você disse que tinham sumido. Mas olha só, quando eu cheguei... Dá uma olhadinha ali no quarto rapidinho. Então. Os dois ali, Pico e Adolfo, tavam arrancando um a um os dentes do seu camarada. Que cara é essa, meu rapaz, olha lá, não vá fazer sujeira nesta sala que eu deixei limpinha. Isso, se acalma, toma um copo d'água se for o caso. Muito bem. Eu esperei até os dois terminarem o serviço deles, que era porco, mas era um trabalho. Eu sou profissional, deixei ele fazer o que tinha que fazer, pra depois fazer o meu. O quê? Seu dinheiro tá na conta, mas não achei os dois do assalto, isso mesmo. Pico não sabia de nada. O negão que pagou. O negão. O velho. Benedito. Isso, o chefe de Pico. Não foi a grana do roubo não. Mas deixa eu falar, caralho. Quando os dois terminaram o serviço, ainda tava tocando aquela porcaria de CD, então eu aproveitei que Adolfo deu uma saída pra fumar, derrubei o cara, e dei uma injeção no pescoço dele, pra cuidar dele depois. O quê? Morfina. Morfina é tiro e queda. Aí eu fiz o que seu pai me pediu pra fazer. Ah, isso eu não preciso te contar. Você vai saber quando for a hora, relaxe. Tenho que manter o sigilo entre meus clientes. Aliás, como foi que você soube que ele ligou pra mim? Hein, me explica isso? Como você arrumou meu número? Eu não gosto de gente que sabe do que eu faço assim do nada. Vamos, abra essa boca, me explica! Qual foi? Explica aí. Bora, caralho! Ah, relaxe menino, não precisa cagar nas calças por isso. Tá com medo de mim, é? Eu só tou tirando com sua cara. Eu não me importo com a vida de quem me paga. Por sinal, já tirei minha parte lá na transferência, visse? Só preciso saber o essencial. Sou profissional, não tou falando? Mas então, eu não pude dar uma injeção em Pico, porque precisava saber qual era a dele. Porra, ele não é meu cliente, então eu posso contar. O cara colocou os dentes todos numa caixinha bem bonitinha. Crocodilo ainda tava lá, mais morto que vivo, e até agora ainda não dei um jeito nele. Preciso ir devagar. Tinha até uma mensagem na merda da caixinha. Era fineza demais. Não posso negar que o cara também era um profissional, o tal do Pico. Apesar do trabalho porco feito antes. Uni o útil ao agradável e dei um jeito de descobrir o que diabo ele ia fazer com aquela caixinha. Não, é a mesma coisa que fiz com o outro cara depois, mas me deu mais trabalho; só posso te contar agora que o anão era duro na queda. O anão? Pico, porra! Não era anão anão não, mas era baixinho pra caralho, aí a gente chama de anão. Mas a onda é que aquilo tinha sido encomendado pelo sujeito lá que te falei, o velho. O negão. Isso, Benedito. Porra, tu parece que é meio leso, né? Quando eu digo "o velho", "o negão", "o chefe" é um só: Benedito. Eu falei com ele também, sim, com mais educação. Aqui nós estamos entre amigos, certo? Podemos conversar de boa. Então, depois de dar cabo de Pico e de ajeitar os outros dois pra tratar depois, fui lá na casa do cara, de Benedito, levar a caixinha de dentes. Deixa eu contar. Pico que me falou onde era. Foi duro, mas depois que cedeu, me contou tudo sobre o chefe, o relógio. Porra, tentei até ligar pro baitola e nada... Benedito, caralho! Ah, e eu sei lá! "Baitola" é modo de dizer. Eu liguei pra *Benedito* e nada. Tá bom assim? Então... Liguei pra ele, chamou, chamou e nada; deixei a caixinha na portaria e demorei pra caralho esperando na frente do prédio dele. Lá no Corredor da Vitória. Mandei mensagem, vi as coisas dele no celular de Pico. Tu acredita que o anão tinha tudo no celular? O dele já é desses mais modernos, sem botões. Só passar o dedo na tela. Um dia todo mundo vai ter um desses. Pico me deu a senha. Descobri qual era o carro, a placa, celular, e o que eles conversavam, coisas de bancos, de arte, de joias; uns papos de igreja, de "paz de espírito", sei lá, um monte de merda em italiano, umas conversas chatas pra caralho. Tudo por mensagem. E eu lá lendo, sem ter o que fazer, e nada do velho aparecer. Não, senha de conta não. Também tu quer o cu e ainda quer raspado, é? Mas olha só: eu já tava dentro do carro pra ir embora, quando vi o feladaputa chegando no prédio dele, do outro lado da rua. Na hora manobrei e fui atrás do baitola. O carro dele tava num fedor da desgraça. Tive uma conversa com ele, um papo de cavalheiros, esclareci as coisas para ele e voltei para cá. Não, não fiz nada não. Porra, esse é o tipo de gente que pode me dar um trabalho depois. Só frito o peixe que cabe na minha panela. Isso é uma coisa que você deveria aprender, rapazinho. O cara tem que saber quando recuar a defesa. E nem ele tava sabendo direito como tudo tinha acontecido. E foi isso, deixei ele voltar pra casa na boa. Ah, tem também a história do diabo de um relógio, que eu ainda vou procurar. Mas foda-se, seu pai não me falou de nada de relógio. Tá sabendo de algo? Foi o que pensei. Acho até que esse relógio é uma desculpa que inventaram pra roubar a loja de seu pai. Enfim, não acho que foi Benedito ou esses caras que passaram a perna em você. Se for o caso, a gente ajeita depois, mas pelo visto ele nem sabia de nada. Podia ser mentira do anão, também, mas eu acho difícil. Meu tratamento é eficiente. De qualquer forma, tem alguma coisa de errado na história, mas aí é assunto pra discutir com seu pai. Meu trato com você é outro, e já tá pago.

Ernesto levantou-se do sofá desconfortável e Tôni acompanhou seus movimentos.

— Se já tá pago, por que você me pediu pra vir aqui uma hora dessas? — perguntou com indignação.

Tôni Lenhador o conduziu a uma varanda do outro lado da cozinha impecavelmente limpa, e lhe mostrou três corpos empilhados. Adolfo dormia profundamente. Estava intacto, mas a cara era tão feia que parecia ter levado uma sova. Os farrapos das roupas de Pico serviam para amarrar os três; seu dono estava nu, coberto de sangue, mutilado. Um deles ainda se movia, emitindo gemidos fraquíssimos. Ernesto evitava focar o olhar, até perceber que aquelas ferragens ósseas pertenciam ao seu conhecido, Crocodilo, o homem que lhe tragara para aquele poço de desgraças. Na ponta de seus braços, mutilações semelhantes.

O jorro de vômito explodiu de seu estômago sem que ele conseguisse controlar. Ali, misturado, não dava pra perceber que ele havia comido filé à parmegiana, batatas noisette, caponata de legumes, e arroz piamontese, no Masseria do Center Lapa, e que estava tudo tão saboroso que ele quase lambeu o prato, pois, no dia inteiro, só tivera apetite após ligar para Tôni, no fim da tarde.

Pacientemente, Tôni Lenhador esperou que ele voltasse a respirar com normalidade.

— Porque ainda preciso terminar de pagar o que combinei com seu pai — disse, sorrindo como o próprio Mefistófeles, enquanto lhe aplicava uma injeção de morfina no pescoço.

4

LONGA JORNADA

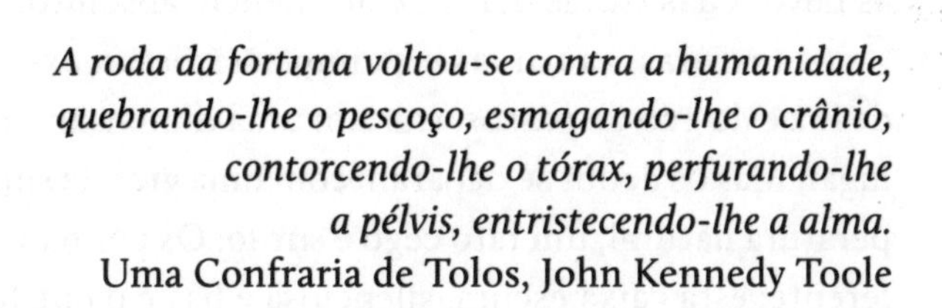

A roda da fortuna voltou-se contra a humanidade,
quebrando-lhe o pescoço, esmagando-lhe o crânio,
contorcendo-lhe o tórax, perfurando-lhe
a pélvis, entristecendo-lhe a alma.
Uma Confraria de Tolos, John Kennedy Toole

A escuridão suprema preenchia como um gás letal o estabelecimento fechado. Aos olhos humanos, nessas condições, todos os lugares são o mesmo lugar. As névoas da escuridão são sempre densas, pois limita o alcance desses olhos cegos à retaguarda de suas retinas, como uma passagem secreta, permitindo somente o vislumbre do interior da mente, um cubículo preenchido por névoas tão ou mais espessas que as trevas externas à visão. É com esse olhar que os humanos representam o que antecede ao corpo, a falta de existência, o mundo sem o tremor do toque de seus dedos; com esse olhar, também desenham o que sucede o corpo, a existência para além dos objetos que transformam as pessoas em recordações. As trevas representam tudo aquilo que essas pessoas se recusam a nomear. A vida é o fulgor de um vagalume que mantém um breve momento de brilho, até que por fim se apaga e ela se deixa dominar pela cegueira. As trevas são seu estado natural.

Na escuridão, os ruídos melhor servem à mente, pois completam o espaço, seja ele parede ou precipício, salão ou cubículo. O nascimento, abertura de olhos primordial, primeira lufada dos ares mornos do mundo, é uma atividade ruidosa; nem por isso seu oposto, o derradeiro fechar de olhos, vem acompanhado de silêncio; os passos finais podem soar como uma canção estrondosa. Não obstante, o silêncio é o mais rigoroso irmão da escuridão, e juntos eles consomem tudo o que poderia se transfigurar em consciência. Ambos devoram as distâncias e assim, como última opção, resta esticar os braços na vã tentativa de dissipar as névoas das trevas densas e do silêncio absoluto.

As texturas, as curvas e as imperfeições, a exemplo dos contornos de luz e do eco de passos, trariam uma dimensão interpretável daquele lugar. Mas os dedos se deparam com uma grande superfície lisa, de temperatura natural, um tato cego e surdo. Os pés não trazem sensação diferente; esta caixa escura, silenciosa e lisa é o que há de mais perfeito.

De repente esse gás venenoso é neutralizado com um movimento único que apresenta todas as coisas. Há, sim, um começo e um fim. A luz e o primeiro barulho atravessam os sentidos e os olhos aquilinos apreciam as formas exuberantes antecipadas pelas vitrines que os dedos não conseguiam compreender. Formas brilhantes, formas que valiam mais que tudo. As pedras preciosas não demoram a penetrar os corações por meio da visão e do tato. E quando o fazem, não o abandonam; pedras não são efêmeras como o pão de cada dia.

Entretanto, ruídos se alastraram. O joalheiro entrou pacificamente como uma ovelha, encurralado ante as toras de madeira que a impediam de desviar seu curso, entre as esporadas que a mandavam sempre para frente, como se ela se sentisse feliz por completar o seu destino fatal.

— Bora logo! — disse o grandalhão que apontava uma pistola para a sua nuca.

Apesar de seus dentes possuírem a coloração escurecida de fatias de maçã expostas ao oxigênio, Jair não tinha o hábito do cigarro. Expôs-se demais, ao longo da vida, ao café puro, e no exato momento em que conversava, os dentes estavam mais marrons que o normal. Devorava sem manteiga um pão preto caseiro, que tirara do bolso de sua calça de linho. O alimento secular estava vulnerável às vicissitudes da natureza, sem papel, toalha, ou qualquer invólucro que o protegesse contra a poeira invisível que escurecia os olhos e corroía os narizes da cidade.

— Vai fazer a desfeita?

Silas olhou sem jeito para o pão que originalmente poderia ser saboroso, mas provavelmente já tinha se transformado num objeto histórico, digno de ser exposto ao lado de taças e cruzes de ouro. Jair cortou mais uma farta lasca de pão, amassou com sua mão crua, e esticou o braço, como se fosse uma hóstia divina.

— Nem você, ô Alemão?

— Eu não como de manhãzinha.

Uma fatia do dia que poderi ser prolongada, em ocasiões como aquela. Vai que o velho se lembrasse disso de tarde...

— Tem que comer. Por que você acha que eu estou forte assim? — Jair enrijeceu o bíceps zombeteiramente. A pele de seu braço balançava como roupa secando num varal. — Sabia que já cheguei nos setenta e cinco? Você não vai viver muito se não comer direito, rapazinho.

Silas estava mais disposto a concordar com a última das proposições: tinha que comer direito — se provasse daquele pão era perigoso morrer na mesma hora. Jair deu um leve tapa no ombro do dono do bar, antes de finalmente atacar o alimento furibundo, que jazia num prato em cima do balcão. Devolveu a metade a seu bolso.

— Mas eu falava de que mesmo?

— Falava?

—Eu tava falando de alguma coisa. Era o que mesmo? — Pequenos pedaços de pão voavam de seus dentes furiosos.

— Num sei não.

— Ah, eu te dava uma aula de economia.

Silas enfiou a mão debaixo de seu chapéu verde e coçou seu cocuruto desanimadamente.

— Você não tinha terminado?

Mas um barulho agudo e estridente encobertou as vozes de ambos. Silas colocou os polegares nos ouvidos, com os outros dedos sobre a cabeça, e Jair vedou os seus com as palmas das mãos. Ambos saíram exasperados do Bar do Alemão. O dono permaneceu em seu posto. Jair notou a presença dos dois sujeitos que pouco antes ouviam seu interessante colóquio sem disfarçar, mas o que podia fazer... Não era um profissional. Não podia cobrar por suas ideias.

Na joalheria provavelmente havia algo que valia dinheiro, senão não era o que era. Os homens não estavam numa distância que os livrasse de quaisquer suspeitas, mas tampouco estavam tão próximos que imediatamente levariam a culpa por qualquer implemento maldoso. A aparência do dono era tranquila. Além de que, o barulho terminou antes mesmo que ambos, Jair e Silas, pudessem destrancar os seus labirintos. Entraram novamente no bar, um tanto desapontados com o incômodo gratuito.

— Acontece quase todo dia. Nem vale a pena ir lá ver — disse o proprietário do bar, enquanto lavava o par de xícaras dos assaltantes.

— E por que você não falou nada? — perguntou Jair. — Eu tava pronto pra dizer uma coisa importante, não era Silas?

— Era... — respondeu, sem entusiasmo.

— Então me deixa continuar. O que eu dizia... Ah! Que o dinheiro não precisa ser necessariamente o mesmo. Compreende? O importante está no valor de cada coisa. Se eu te empresto meu celular agora, pra você fazer uma ligação, geralmente eu quero o mesmo celular de volta.

— É claro, né? Se o cara não devolve é malandragem — comentou o interlocutor.

— Psiu. — O indicador se inclinou verticalmente em frente à boca, como se apontasse aos céus. — Ainda não terminei minha ideia. Depois você fala — Silas olhou para os lados. Jair engoliu outra bolota de pão. — Vamos lá. Se te passo uma nota de cinquenta, talvez eu possa aceitar como troca algum serviço, ou algo que eu considere valioso, ou até o mesmo valor, mas em notas de dez. Não vai fazer diferença. E...

— Mas fui eu que te passei esse "valor". Na verdade, mais do que cinquenta, não lembra?

Jair levantou a aba do chapéu de Silas.

— Por acaso você vai me deixar falar? — Então soltou o interlocutor. Ambos ficaram em silêncio. Alemão parou de lavar as xícaras borradas de café. — Será que nessa altura do campeonato você ainda não entendeu que estamos usando *suposições*? — Ele não percebeu a migalha marrom que deixou escapar de sua boca direto para as narinas de Silas. — Suposições! Você não sabe mesmo o que é isso?

Silas se levantou desviando o olhar, claramente incomodado, deu as costas a Jair e andou em direção ao banheiro, furioso, sem falar nada.

— Ei, o que foi? Você não vai dizer nada? — Jair também se levantou. — É complicado explicar qualquer coisa pra um caba desses. O que é que cê acha, Alemão?

— Eu acho é pouco.

— A troca de valores é o princípio da economia... Eu já ia chegar lá, mas o imbecil sai do nada, sem mais nem menos. No mínimo já esqueceu a aula toda. Burro como a porra.

Não perceberam os primeiros estampidos, e o desagradável alarme soou mais uma vez, assustando o coração do nobre senhor. O barulho era interminável e tirava-lhe o fôlego como se estivessem encobertos por água salgada, uma vez que ele tinha que gritar, para alimentar sua ânsia infatigável por comunicação.

— Porra, hoje esse cara tá foda, hein?

Alemão ficou desconfiado e destrancou um armário abaixo de sua caixa registradora.

— Pois é. Nunca vi tocar duas vezes.

Silas retornou ao balcão, com a cara lavada, e se sentou a uma distância segura do velho mal-educado. Continuava amuado, sem abrir a boca. A sirene já deveria ter parado, mas continuava a infectar seus orifícios auriculares. Jair gritou alguma coisa, não foi compreendido. Como numa canção em que, após o início harmônico, a percussão se aproxima bruscamente e se instala em repouso confortável, o ritmo dos tiros fez base àquela desastrosa melodia. Alemão saiu do balcão segurando um trinta e oito, e ficou na espreita, temendo que lhe invadissem o ambiente. Jair não percebeu a arma em suas mãos, e ainda se preocupava com o silêncio de Silas.

— O que foi isso? Será que é... — Ao notar o ferro na mão de Alemão, involuntariamente destampou os ouvidos. — Tá doido, moleque? O que é que tu quer com esta porra? Vocês vão acabar machucando um zozoto.

Epaminondas, o joalheiro, não estava de bom humor aquela manhã. Era muito cedo. Estacionou o carro quase no topo da Ladeira da Montanha, e subiu a pé até a joalheria que pertencera a seu glorioso pai, também chamado Epaminondas. Em tempos remotos ela também tinha sido uma loja de antiguidades, mas o século moderno apaziguou o interesse geral por objetos inúteis, curiosos e manufaturados. Somente os diamantes são eternos. Epaminondas guardava algumas bugigangas por nostalgia, mais do que pelo seu valor. Um cronômetro raro e um soldado de chumbo para ele eram a mesma coisa. É preciso buscar sempre uma vida simples. Compartilhava com seu falecido pai o nome e as opiniões.

A joalheria Costa & Filho ficava na rua Chile. Epaminondas ia coberto por seu paletó de tweed verde-escuro, como em todas as matinas dos dias de semana. Antes de começar a andar, sacou um belo isqueiro de metal, que carregava consigo desde os anos setenta, e acendeu um Hollywood. A fumaça que escapava da boca desenhava algumas nuvens naquele céu límpido. O dia começava de verdade.

As calçadas da Avenida Sete ainda não estavam ocupadas por pessoas, objetos, animais. Por outro lado, a Praça Castro Alves permaneceria assim, vazia, durante o dia inteiro. Não a frequentam devido aos caudalosos raios do sol, o que o confirma como o rei dos astros, já que esse povo suporta quase tudo, menos sua presença diante dessa vista desejada, no entanto intocável. Apesar de estar na calçada certa, Epaminondas foi obrigado a atravessar para o lado da estátua, pois não suportou a catinga de uma ruma de bosta do tamanho da Ladeira da Montanha.

Dois homens suspeitos estavam parados próximo ao poste, quase em frente à joalheria, mas não havia o que fazer. Era sempre muito desconfiado. Poderia escorraçá-los por estar muito perto? De qualquer forma, certamente era um incômodo tolerar todas essas presenças que se sobrepunham como morcegos diante de pescoços dos passantes, como cães, rastejando entre suas canelas. Era preciso aprender a seguir reto.

Havia uma dificuldade em ignorar os dois sujeitos, por mais que ele estivesse vacinado contra a insistência incessante das pessoas no meio da rua. Esses dois horrendos cavalheiros que conversam diante de um poste, no entanto, não lhe pareciam uma ameaça evidente.

Ainda assim, Epaminondas tocou o alarme de aviso, como sempre fazia, para que todos na rua percebessem a presença dos dois meliantes, se porventura viesse a ocorrer algo, ainda que fosse improvável. Ou para que eles se espantassem de vez.

No entanto, ele, o improvável, sempre acontece, mais cedo ou mais tarde. Quando abriu a porta, Epaminondas sentiu um cano de ferro na sua nuca.

— Bora logo!

O homem mascarado, grande como um touro bravo, apontava uma pistola para ele. Sua voz era grossa, aterradora, mas Epaminondas percebeu uma fagulha de hesitação. As palavras transmitem informações mesmo quando não são finalizadas. Ele estava perdendo para um bandido amador. Observara os dois por alguns minutos, mas era impossível prestar atenção aos contornos dos inúmeros indigentes que o rodeava em seu cotidiano. Sempre evitava o contato ocular. Os estranhos são todos iguais.

— Já entramos. Agora me diga...

— A grana! Bora!

O outro bandido, do lado de fora, abaixou o portão da loja, escurecendo o mundo novamente. A possibilidade do heroísmo dançava com escárnio diante de Epaminondas; ele já havia brigado com sujeitos bem piores ao longo da vida. Seu adversário certamente se tratava de um idiota, primeiro, pelo jeito de falar, pois eram as maneiras de um imbecil, segundo, porque deixara se mostrar minutos antes, terceiro, porque nem havia tanto dinheiro no cofre da joalheria. Por outro lado, estavam em dupla. A possibilidade de uma tragédia dançava colada com a musa do heroísmo, e a palavra "tragédia", nessa situação, acarretava em prejuízos somente para uma pessoa. Mesmo um idiota, armado com ferro e pólvora, lhe poderia ser nocivo. Epaminondas ligou a luz. O trabuco agora estava apontado para seu estômago, destravado, pronto para descarregar.

— A grana, desgraça! Tu acha que eu quero o quê?

Aquele sujeito era apenas um pobre-diabo. Um pau-mandado por alguém maior. Havia um plano. Não poderiam simplesmente estar passando por ali, dois meliantes, tão cedo na manhã, e simplesmente aproveitarem uma oportunidade que surgia. Não com as máscaras, não com os agasalhos, não com esses sacos de tecido, não com uma arma tão nova. O gordão não era homem de planos, senão mandava outro imbecil fazer o trabalho sujo. Não sabia o que pensar do mais magro. Tentava lembrar; como eram os seus rostos? Não saberia descrevê-los depois, caso escapasse com vida.

— Está no cofre. O procedimento de abertura é automatizado.

Epaminondas se sentia no dever de mostrar sua civilização ao brutamontes. Quem pertencia a que classe, quem merecia ter alguma coisa, quem merecia uma posição. O sol não devia brilhar para outros tipos. Mas o filistinismo do assaltante superava seus modos, afinal de contas, a civilização só é reconhecida pelos civilizados.

— Então faça essa merda logo! — disse o gordo, enquanto jogava uma das sacolas nas mãos do joalheiro. Seus dedos eram muito grossos. Enfiou o mindinho esquerdo no nariz, e subitamente girou o pescoço para a direita, com desprezo. — Luva... Humpf! — Continuou a cavoucar o nariz, quando percebeu que o joalheiro estava semioculto por uma porta. — Epa! — Apontou a arma. — Você fique nas minhas vistas, fi de rapariga!

— Então você precisa encostar aqui. — O grandalhão escutou com desconfiança. — Vem ver. Eu preciso passar dessa linha pra poder abrir o cofre.

— Você tá querendo me passar é pra trás, desgraça! Pega logo o carai dessa grana.

— Venha ver.

— Você que sabe, feladaputa. Eu tou com o revólver na mão. E morrendo de fome. Quando eu fico com fome eu fico doido!

Mas Epaminondas não planejava nada. Ia dar todo o dinheiro que tinha, como manda o manual. Não pretendia ser desonesto com ele e arriscar levar um tiro. E acreditava que o gordão seria a sua pedra de roseta, que ele usaria para descobrir a história por trás do crime.

— Agora me passa o relógio!

Epaminondas estremeceu.

— Anda, desgraça! Tá esclerosado? Tira logo a merda desse relógio de seu braço!

Foi obedecido. O assaltante galopou como um potro em direção à saída, com um saco em cada lado do lombo, e empacou justamente no momento de abrir o portão de ferro. Transfigurou-se, girou como o bailarino de um espetáculo circense, com a arma à altura da linha da cintura, parte de seu corpo que estava muito acima dos limites da frondosa barriga, uma vez que ela não se mantinha mais firme, esticada para frente, como se carregasse um bebê. Em vez disso, tombava lentamente, como um jacarandá que acabara de ser serrado ao meio, e ultrapassava a linha da cintura, protegendo sua bexiga e invadindo a região genital.

Deu dois passos em direção ao joalheiro, que suava especialmente na superfície de seu cocuruto perfeito, ainda que não estivesse fazendo tanto calor naquela hora. Epaminondas se assustou e deu um pulo para trás, metendo o espinhaço na maçaneta da porta que dava para o cofre, o que, numa ocasião cotidiana, seria uma dor das grandes, mas que ali passava como se não fosse nada de mais. As gravações seriam inúteis, junto com toda a cortesia que desperdiçou com um meliante tão ignorante, melhor que o tratamento para com seus próprios clientes, homens ilustres, afortunados e gentis. *O filho da puta não quer deixar testemunhas*, acreditou, e começou a planejar escapadas. Se não surgisse coisa melhor, estava preparado para se render à selvageria. Qualquer coisa seria melhor que compartilhar uma vaga ao lado do outro Epaminondas, no Jardim da Saudade.

O assaltante não olhava para ele, e evitar olhar para sua vítima, não exatamente para os olhos dela, mas ao menos para onde se planeja abrir uns buracos à bala, é uma atitude no mínimo irresponsável, um comportamento culposo, quando se trata de um criminoso que se pretende profissional. E se ele errasse a porcaria do tiro? Epaminondas se aterrorizava mais com a possibilidade de receber uma bala no joelho que com um projétil guardado no meio de sua testa. Além de que, essa é uma das inconveniências resultantes do ato de se entregar como vítima a um completo imbecil: correria o risco de desaparecer para sempre sem ter a oportunidade de dar a seu algoz um daqueles horripilantes vislumbres árabes capazes de explodir um coração, quando ambos os olhares se tocam.

Para sua sorte, porém, o desvio da atenção do burro de carga tinha um bom motivo.

— Falta um saco. Puta que pariu, nessa eu ia me foder legal. — Apontou para a vitrine maior. — As joias antigas.

E não quis saber de nada. Enfiou uma coronhada no vidro, que nem trincou, e tentou mais uma vez, com brutalidade. A arma escapou de sua mão e ele a aparou com a outra, antes que caísse. Os sacos, por outro lado, desabaram de seus ombros, esparramando-se pelo chão como duas jacas gordas. Ele os ignorou e girou a arma na direção correta.

— Maguila, Maguila. — Deu um tapinha na própria cabeça. Com um sorriso relaxado. — Eta, como eu sou burro, vixe.

Mirou na vitrine e apertou o gatilho, liberando o alarme estridente. Enfiou a mão esquerda no tesouro, de todo jeito, enquanto disparava contra uma espécie de sino que emitia o barulho infernal. O sino, na verdade, era um disfarce, e o alarme provinha de fontes variadas, as mais eloquentes sendo as poderosas caixas que estavam camufladas entre o teto e as vitrines. Maguila socou o que conseguiu no saco vazio, agarrou os outros e fugiu com o pouco que conseguiu carregar. Ouro é ouro. Antigo ou não, é tudo a mesma coisa. Tanto faz se foi tirado agora ou se passou na mão do rei do cu do mundo. Se Crocodilo não quisesse, aliás, ele podia tomar no olho do próprio cu. Maguila ia querer. E afinal, o cronômetro estava seguro na casa de Epaminondas, na Barra, longe dos dedos gatunos dos assaltantes. Na ânsia de fugir dali, Maguila ainda não percebera um talho que tinha sido aberto de fora a fora em seu dedo mindinho, na primeira vez em que enfiou a mão na vitrine estilhaçada. As costas da mão sangravam.

De dentro do bar, Alemão e Silas viram passar correndo pela calçada um sujeito magro, usando uma máscara esticada de caveira, e a mesma jaqueta jeans, a mesma camisa vermelha de certo alcoólatra que momentos antes tomava café com cachaça numa de suas mesas. Mas havia outro, o que cancelou o pedido antes que a chapa esquentasse. Jair não percebeu, pois estava de costas para a porta do bar, mas os olhos espantados de Silas lhe mostraram que algo não ia bem. Após os estampidos, entraram finalmente os vocais, jovens se esgoelando incompreensivelmente, como roqueiros estrangeiros.

Quando Alemão se preparou para atacar os meliantes, todos viram, em passos mais lentos, um sujeito gordo como um bispo cortar a mesma calçada, portando três sacolas de pano e um revólver fumegante. Usava máscara de hockey, mas suas roupas eram facilmente reconhecíveis. Pelo chão, uma infinidade de panfletos da Moacir Calçados aparava as pequeninas gotas de sangue que tentavam pigmentar o pavimento com o anúncio da tragédia.

O tiroteio era uma reviravolta na música que seguia. Jair estava desesperado com a atitude do Alemão; não chegaria aos cem anos de idade, se por acaso os bandidos invadissem o boteco e eliminassem as testemunhas. Certamente seu amigo empreendia uma tarefa inútil e estúpida, e talvez fosse sensato se esconder no banheiro, que não estava imundo. Silas continuou em seu posto, com naturalidade; era defensor da opinião de que tanto faz correr, se esconder, atacar ou permanecer estático, diante das feras urbanas que todos os dias avançavam num ou noutro posto. O destino era sempre o mesmo. E se fosse para compartilhar esse final cruel, preferia estar consciente da direção de onde era atacado.

Ao se aproximar da porta do bar, Silas viu Alemão apoiado num joelho, como um militar experiente, ignorando a tempestade que o rodeava, soltando calmamente um projétil no ombro direito do bandido magricela.

O barulho insuportável do alarme e dos tiros não lhe permitiu compreender as palavras proferidas pelo atirador, mas entendeu que, sendo qualquer uma, até palavrões exclamados com volúpia, que o decoro não lhe permitiria listar (e efetivamente teria de relatar sua versão aos policiais), qualquer palavra proferida por Alemão, seria em estado de êxtase, como Silas nunca havia visto antes, nos poucos anos em que conviveram.

O sol já mostrava tudo com clareza. Não havia na cidade sequer uma calçada livre de detalhes pitorescos. Nenhuma lisa, plana e vazia. Onde há descaso, a vida prolifera. Nas cidades quentes, chega a ser palpável a coexistência de diversos seres pavorosos, zumbindo, silvando, urrando, como numa floresta subtropical. Calçadas inconstantes sob os pés dos malditos.

Alemão se levantou e correu na direção dos assaltantes. Mirou um balaço certeiro na nuca do gordão. No entanto, para a sorte do desgraçado, ele atolou o pé num gigantesco tolete de merda, escorregando o bastante para que a bala se perdesse onde não houvesse mais forças que a carregassem. Aquela era a *gag* perfeita; uma mistura de ópera-bufa com a escatologia gratuita da TV aberta. O pistoleiro, inexplicavelmente, começou a gargalhar, como se houvesse se esquecido da batalha. Uma piada suja e pesada. Salvo por um monte de merda, o resultado metabólito de um bêbado qualquer. Era hilário que um merda fosse salvo exatamente por uma merda.

Enquanto a gargalhada de Silas trovoava, as balas continuavam a zumbir como mosquitos numa mata fechada. De repente a barriga lisa de Alemão foi atravessada por um balaço e ele desabou para trás como o *loyalista* da fotografia de Robert Capa, lançando seu trinta e oito ao céu puro e perfeito. Não havia respiração. Alemão arfou como um cão cansado e expirou sem dizer nada, sem ser compreendido em suas últimas palavras, depois daqueles breves segundos de glória.

A nota grave é breve; recebida como uma marretada surda; seu início trota a toda ligeireza, e antes mesmo que ela seja compreendida, já evanesceu. Já a nota aguda é longa e perfurante, e às vezes se faz sentir apenas pela impressão que deixa por onde passa. Por isso, embora o alarme não estivesse mais soando, já algum tempo depois do ataque, seu fantasma ainda pairava diante da rua Chile, como uma alucinação musical, uma assombração sonora, uma lembrança involuntária e impertinente.

O corpo branco do alemão jazia na calçada, meio de lado, meio de bruços, e Silas retirava a sua camisa com lentidão. O sangue vazava fumegante, em borbotões vermelho-escuro, saltando do estômago como a água que vaza de um tanque em que uma rocha foi arremessada. Epaminondas saiu da joalheria, e ao ver o corpo estirado na calçada, sentiu o ar rarear e relutou em se aproximar do local, o que era, no mínimo, seu dever cívico.

O que demais há no sangue? Por que seu mero aspecto rubro e viscoso atrai a lâmina fria de psicopatas prepotentes ou faz desmaiar espíritos facilmente impressionáveis, que não reagem diante de elementos mais raros ou interessantes? Pode-se apostar uma tira de couro que mesmo o mais delgado entre os mendigos estirados na calçada da Igreja da Piedade carrega algumas gotas vermelhas dentre suas veias viciadas. Mas ainda assim, basta alguém tirar de seus invólucros essas gotículas, essas centelhas venenosas, e começam os gritos, os tombos, o alvoroço... Seguido pelo salivar de certos vampiros que andam sob o sol, pessoas que se alimentam da tragédia, da desgraça alheia e, qual urubus voando em círculo sobre um animal morto, jamais perdem a chance de pairar sobre alguém que desabou no meio da rua. Mas o sangue é um artigo ordinário; uma gota de um conhaque de quinta categoria é extraída com mais artifício; no entanto ninguém está disposto a colocar o seu sangue na mesa de apostas sem uma generosa recompensa que valha o risco.

Epaminondas se aproximou. Já fazia tempo que não admirava um cadáver assassinado. A bala trespassara o corpo. Viraram-no de costas e finalmente foi iluminada a tatuagem oriental de uma cerejeira que dava sombra a dois amantes entrelaçados, cujos galhos do topo escapavam pelo pescoço. Pétalas pálidas se confundiam com esparsos flocos de neve e, apesar do bronzeamento cotidiano, a pele do Alemão era alva como a de um bávaro nativo, o que ressaltava a brancura das imagens sobrescritas. Poderia se tratar, os dois amantes, de Píramo e Tisbe, pois o fio de sangue que atravessava seus miúdos corações umedecia de escarlate a raiz da árvore, suas pétalas e seus frutos, como se somente a partir de então o sumo dessas frutas, no mundo das coisas que pesam, fosse portador de viva coloração.

Epaminondas retornou horrorizado à joalheria, de onde jamais deveria ter saído.

Nada viveu. Você nada viveu. Você nunca fez uma tatuagem, você nunca sentiu o sabor da neve, você nunca fez amor ao ar livre, você nunca experimentou um fruto direto de sua árvore, você nunca viajou de navio, você nunca leu nada de Shakespeare, você nunca bebeu absinto, você nunca aperfeiçoou sua prática com instrumentos musicais, você nunca se deitou numa poça de lama, você nunca experimentou caviar, você nunca apareceu na televisão, você nunca escreveu uma carta íntima, você nunca fez uma lista completamente inútil, você nunca se perdeu numa cidade desconhecida, você nunca brigou sem motivo, você nunca cuidou de um animal de estimação, você nunca prestou atenção a uma sinfonia, você nunca conduziu um carro de luxo, você nunca descobriu o que é uma pintura impressionista, você nunca andou de bicicleta, você nunca entrou no Museu da Misericórdia, você nunca fez uma careta para um fotógrafo, você nunca bebeu água direto de um rio, você nunca conheceu Paris, você nunca usou um nome falso, você nunca usou substâncias ilícitas, você nunca ouviu uma gravação de sua própria voz, você nunca assistiu a Cidadão Kane*, você nunca escreveu um poema romântico, você nunca participou de uma pescaria, você nunca entrou num teatro, você nunca tentou entender a física moderna, você nunca pediu carona a ninguém, você nunca tirou a camisa no meio da rua, você nunca ignorou o telefone, você nunca alimentou uma inimizade com um companheiro, você nunca sonhou com um Nobel, você nunca entrou debaixo da chuva gratuitamente, você nunca se esqueceu dos documentos, você nunca escalou uma montanha, você nunca plantou uma árvore, você nunca escapou de uma doença fatal, você nunca jogou bola com seu filho, você nunca causou um acidente.*

Os ponteiros jamais pararam de girar. Tudo sempre esteve ao seu alcance. Seu filho, quarenta anos mais moço, tinha vivido muito mais. Talvez tivesse razão: não havia porque desejar maturidade, se isso significava abdicar dos prazeres da vida. Por que o menino haveria de largar a mordomia, a água de coco, a sombra, todas aquelas ninfetas que passeavam descaradamente pelos corredores de seu apartamento, sem um motivo? Preferia qualquer uma delas a Anna Lívia.

Por outro lado, sua falta de responsabilidade era culpa do pai e de mais ninguém. O que não se podia esperar era que o rapaz abandonasse a boa vida de repente porque o espírito de São Francisco tomou o seu corpo. Não conhecia uma pessoa ordinária, ele mesmo incluso, que não valorizasse o suor, o labor, o trabalho pesado, em favor da fortuna, da inteligência e da honestidade, e mesmo assim, Epaminondas percebia que isso não fazia tanto sentido. Epaminondas Pai já dizia: "não ganha dinheiro quem trabalha; ganha quem pensa". Havia meios menos ásperos de se angariar substância.

As pancadas no portão fechado de sua joalheria não foram tão violentas como o estouro de projéteis que agora faziam tremer seus nervos, mas nem por isso eram aprazíveis. Apenas na segunda sessão de batidas ele tomou consciência da escuridão, não a que lhe rodeava, mas a rodeada por ele, pois escondia sua face entre as mãos, apertando os olhos com cada palma, semelhante à maneira com que os velhos do bar ao lado tapavam os ouvidos.

Era o terceiro policial destinado a colher depoimento das testemunhas. Aparentava ser tão, mas tão estúpido, que sua cabeça achatada lhe parecia ter apenas duas dimensões. Epaminondas se dispôs a fazer um relato seco e sistemático, porém preciso como as frias letras da lei. Descreveu com clareza os detalhes gerais, as ações, os fatos, muitos já conhecidos pelo ouvinte, e ignorou as hesitações, os momentos de concentração temporal, de segundos fora, de fragilidade, que considerava fundamentais para elucidar o crime, mas soariam incompreensíveis a um energúmeno daqueles. Duvidava que o policial estivesse dando conta de sua história; percebia falsidade em certas notas que o homem tomava. De um jeito ou de outro, provavelmente seria convocado a dar um novo depoimento a autoridades mais competentes. Informou ainda que não autorizava de maneira alguma que seu nome fosse mencionado da mídia, e que ele mesmo ficaria encarregado de avisar à sua família dos trágicos incidentes daquela manhã, uma vez que não sofreu injúrias físicas de qualquer maneira, e estava em bom estado mental.

Despediram-se com a promessa de uma investigação acurada, por parte da polícia, e de estar sempre à disposição para quaisquer esclarecimentos, por parte de ambos. Tinham em comum, além da promessa, a percepção mútua de que o outro estava mentindo. Não era preciso genialidade para saber disso; a ideia tinha mais alcance que uma nota de dois reais.

Quando saiu da loja, percebeu seu trecho de calçada isolado como numa construção em curso. Um policial passeava de um lado para o outro, em vigília, e ele não saberia dizer se foi o mesmo que o entrevistou. As portas do Bar do Alemão continuavam abertas. Jamais gastara um centavo com o homem que tentou lhe ajudar e foi atravessado por um balaço por isso. Sentiu gotas geladas em sua cabeça, caindo aos poucos, e ele imaginou provirem de um ar-condicionado. Uma poça de sangue menor, mais adiante, começou a ser diluída pela água fina que caía do céu. Um senso de respeito mórbido fez com que os policiais arrastassem o corpo para debaixo de um toldo, como se o morto se importasse com a chuva. Eles, no entanto, se molharam. Epaminondas não. Seu paletó verde-escuro o protegeu até que chegasse ao seu automóvel.

O trânsito estava normal: nada a andar. A chuva não era a responsável, na avenida Carlos Gomes. O mundo fora do carro continuava quente. As pessoas na rua estavam molhadas de suor, e ao mesmo tempo eram batizadas com aquela torrente ácida celestial. Em nenhum outro lugar era mais efetiva a teoria exemplificada por um bater de asas de uma borboleta que se transforma em furacões do outro lado do oceano. Bastava uma distração, uma poça, uma árvore empenada, um transeunte mal posicionado, qualquer coisa que estimulasse uma pisadela no freio, e se formava uma alcateia de veículos, buzinando, estáticos, loucos para passar um por cima do outro.

Num dia qualquer, Epaminondas já haveria desistido daquela fanfarronice, mas agora estava resolvido a investir em prazeres mundanos. Desistia de sua vida simples. O que jamais percebera, até aquele momento, era que não passava de um halterofilista financeiro, sempre fazendo planos, contando, economizando, reclamando, desnecessariamente, uma vez que vivia bem, e nunca dera um passo além, ou seja, nunca havia experimentado um conhaque caro, nunca entrava num restaurante sem estabelecer um teto para os seus gastos.

Epaminondas sempre admirava à distância um restaurante na orla da Barra que se assemelhava a um circo improvisado, como longas tendas brancas suspensas por ferros, polímeros estendidos numa forma permanente. Quando saiu da Carlos Gomes, o engarrafamento diminuiu, e ele conseguiu dirigir até lá. Era o segundo cliente do Barravento naquele dia.

Sentou-se na parte mais próxima do mar, escondido dos carros da cidade. As cadeiras ainda estavam viradas nas mesas, todas protegidas da chuva. Um garçom lhe trouxe o cardápio e ele pediu de antemão uma dose de Royal Salute e uma lagosta na manteiga.

Percebeu que na parte interna do restaurante havia um senhor de cabelos longos como os do poeta Vinicius, provavelmente aposentado, bebendo um coquetel colorido e conversando com um *barman* que limpava taças como que para mostrar ao patrão que não estava parado.

— O brasileiro é diferente para ele mesmo. Os cariocas vêm o baiano como um comedor de pimenta enganchado num tambor, e tem gente que acha isso muito ruim. Agora veja. — Ele agarrou o braço do barman, que já estava virado para ele. — É um círculo vicioso. O baiano olha pro gaúcho e só vê um vaqueiro bigodudo de bota, lenço e bombacha bebendo chimarrão. O mineiro é um caipira discreto e calmo; o povo do interior da Bahia, uma multidão de sertanejos famintos e perigosos, que só se alimenta de vez em quando. O paulista é um filhinho de papai preconceituoso que só pensa em trabalho. O carioca é sempre um malandro querendo dar um golpe ou comer a mulher dos outros. Você percebe? Um círculo vicioso que não dá em nada. — O poeta aposentado sorveu um grande gole de seu daiquiri.

O *barman* murmurou em concordância enquanto tentava continuar seus afazeres. Epaminondas experimentou uma dose de seu uísque e não sentiu tanta diferença no sabor, nada que justificasse seu preço muito mais elevado. O garçom esperou, como se quisesse sua aprovação. Conversaram um pouco, sobre o clima e o trabalho, e a satisfação de seu interlocutor incomodou profundamente.

Não vale a pena tentar realizar um sonho que não lhe pertence.

Não bebeu o resto do uísque, que sempre achou detestável, e tinha pedido apenas porque era a bebida mais cara da casa. Começou a primeira *long neck,* Stella Artois, que já conhecia, e trocou o pedido de lagosta pelo de um filé a *chateaubriand*, tão macio que poderia usá-lo como travesseiro. Após terminar, notou que o Vinícius ainda estava em sua mesa, com a mesma conversa. Desejoso de participar, Epaminondas foi até lá e pediu um cigarro emprestado.

— Emprestado? E quando você vai me devolver?

— O quê?

— Por acaso eu te conheço, pra pegar de volta depois?

O homem tinha a intenção de troçar com sua cara, simplesmente porque poderia lhe *dar* o cigarro. Epaminondas fugiu do bar envergonhado, para uma mesa em que não pudesse ser visto, e saiu resmungando.

— Todo mundo, baiano, mineiro, gaúcho, carioca, se achando o centro do universo, do jeito que foram inventados pelos europeus. Mas só eles, os europeus, costumam ver o Brasil como uma unidade. O problema é que essa unidade é uma unidade *exótica*...

Uma linha vertical é o bastante para demonstrar que quarenta anos é uma idade muito avançada para um homem respeitável ter um filho. Do lado esquerdo, sua idade; do direito, a do mancebo: seus mundos serão sempre muito diferentes para que possam se entender. O homem irá detestá-lo aos dez anos por ele ser o primeiro a se servir à mesa, como um glutão, e acabar comendo como um passarinho; aos dezesseis o filho o humilhará nos esportes; aos vinte beberão juntos e o jovem o deixará embriagado aos seus pés, mesmo tendo ambos bebido a mesma quantidade; quando ele tiver vinte e seis anos, esse senhor sexagenário morrerá de angústia, sem receber qualquer prova que seu sangue será passado adiante. Ernesto não era seu primeiro filho, apesar de ser o único.

Sua tragédia pessoal (todas as tragédias são pessoais, mas crescem ou diminuem em proporção, a depender da distância de quem a conhece) estava prestes a completar um quarto de século, e mesmo assim ele se mantivera firme. Jamais caíra na tentação da autodestruição, do desvario religioso ou do narcisismo diletante. Simplesmente continuou a viver, ocupou a mente, montou outra família, e agora sofria as dores por seus amores verdadeiros, em mais um dia trágico. Influenciado pelo álcool, Epaminondas falava consigo mesmo em voz alta.

— Vinte e quatro anos! Já fez vinte e quatro anos, e eu nunca parei pra pensar nisso direito.

Poderia ter ido a pé para seu lar verdadeiro, mas preferiu fazer a viagem e tirar seu cochilo no apartamento que mantinha na avenida Joana Angélica, o reduto onde tinha sido feliz durante a infância. Comprara-o de volta na velhice e o mobiliara descuidadamente, com uma vitrola antiga e os discos favoritos de Epaminondas Pai, e jamais utilizara qualquer coisa nele. Não trocara de emprego, nem mesmo de casaco, e esperava remontar sua vida antiga naquele ambiente. Pagava a uma senhorita para mantê-lo limpo e funcionando, e agora precisava do lugar. As chaves estavam em seu paletó. A chuva enfraquecia, e o trânsito parecia mais ameno.

— Vinte e quatro anos. Não aguento mais bebida. Ernestinho, ele tem muitos defeitos, mas é o único que sobrou; quem mais eu poderia amar? Não posso ficar preso no passado. O que aconteceu, aconteceu.

Quer dizer. Era melhor não dirigir. Não que eu esteja bêbado agora, mas... Assim. Não que eu esteja cem por cento, porque... Digo. Então. Aconteceu, aconteceu. É melhor um bêbado consciente. Mas essa história eu conheço. O taxista é profissional. E lá vem. Essa chuva não adiantou de nada. Acho que é esse paletó. Digo: por que ainda uso isto? Talvez não seja uma boa ideia torrar dinheiro por torrar. Quantos anos ela teria? Este paletó não presta mais. Ela que me deu. Ela, Julieta. Então. Quantos anos? Faz mais calor no dia que eu uso ele. Ela me deu porque a gente ia passear fora do país. Quantos? Vinte e quatro, mais cinco, seis; sim, ela já tinha completado seis anos de idade. Talvez eu estaria almoçando com um netinho hoje mesmo, se não tivesse deixado Cassandra dirigir. Mas eu uso ele todos os dias. Um netinho já crescido. A cidade está mais feia que o normal. E Cassandra ia ter uns cinquenta e um. Parece pouco, a diferença de nove anos, depois que a gente passa dos quarenta. E ainda faz calor todos os dias. Maldição. No nosso tempo todo mundo fala pelas costas. Estou com uma coisa na cabeça. Acho que as ideias estão vindo rápido demais. De um jeito ou de outro. Será que eu peguei a chave de casa? Não há como saber se eu mesmo não vou sofrer um acidente idêntico. Estou molhado. Se não fosse o acidente, ela também ia ter muitas chances de me largar, nesses vinte e quatro anos. Ou eu de largar ela. Mas como teve o acidente, eu nunca larguei. Quem pode saber? Aí eu entrava na fossa de uma vez, se ela me largasse. Pior que o luto? E se não fosse o acidente, eu não ia conhecer Mariana. Não a chave de casa, não; a de minha outra casa. Mas minha filha era meu sangue, e isso não tem como largar. Agora não resta nada. De que vale? Se eu parasse de usar meu casaco agora, não duvido de cair neve na cidade. Duvido não.

Após entrar no apartamento da Joana Angélica, deitou-se na cama do quarto como se tivesse sido abatido por um tiro de fuzil.

Suas ideias começavam a se misturar, a se sobrepor, e ele se encontrava novamente em sua joalheria. Fisicamente satisfeito. Desejava dormir, talvez sonhar. Nada podia fazer. Dois vultos se aproximaram de sua vitrine pela escuridão, e ele no início não conseguiu enxergar direito, enquanto se aproximavam, até que finalmente viu que eram apenas esqueletos assustados usando capotes grossos e escuros, mesmo com todo aquele calor, como se andassem no inverno de países nórdicos, embora fosse possível sentir no couro o sol desgraçado que fazia por detrás do vidro fumê, enquanto abriam sua porta e entravam em seu honroso estabelecimento tentando atacá-lo, tentando quebrar tudo, tentando derrubar uma construção que levara gerações para ser erigida. Mas os ossos não eram capazes de mudar nada de estado ou posição, e o que era inteiro continuava inteiro, até que tiraram os capotes, os dois e ele descobriu o motivo de tanto silêncio: eram o disfarce de monstruosos javalis, estes sim gordos, fortes, destruidores, que não se satisfizeram em esmigalhar suas joias de diamantes, e começaram a derrubar as colunas que sustentavam o prédio e o pavimento da calçada e os postes, junto com todas as pessoas, até que ele, Epaminondas, o herói, surgiu com uma espingarda de caçar elefantes e deu cabo das duas feras para, no fim, ter uma pistola apontada para seu peito, por um policial sem rosto e sem coração, pronto para apertar o gatilho.

As costas, os braços, o pescoço de Epaminondas transpiravam como os olhos de uma viúva. Ele bebeu água direto de um jarro que estava em sua cabeceira, derramando boa parte no colo e na beirada da cama. Ao lado do jarro estava um celular de botões, e sua carteira, estufada de papeis inúteis como notas fiscais e cartões que jamais serviram para alguma coisa. Levantou-se, e se assustou quando viu pela janela um grupo de crianças que usavam fantasias de personagens de filmes de horror, atravessando a rua como um presságio maldito. Havia três ligações perdidas de Ernesto e duas de Mariana. Nenhuma mensagem. O sonho se fundia com a lucidez; despertava todas as vezes em que estava prestes a morrer e apenas por isso deduziu que a vida é sonho, a morte apenas o início. A ideia só valia para figuras que davam voltas em si, como um círculo, um quadrado, um heptágono, mas nada poderia estar mais errado em relação a uma linha, um esse, ou uma trilha labiríntica, onde o início está sempre muito longe do fim, em termos absolutos. Em seguida esqueceu esses pensamentos. Estava vestido. Por vezes o peso de ter dormido pela tarde o mantinha na cama, peso que lhe ocorria principalmente aos sábados e domingos, e abria seus olhos ao fato de que sua existência era mísera, que o mundo não precisava dele e que de nada adiantava construir alguma coisa, pois a destruição era mais certa que a ideia de acordar depois; mas apesar de se *sentir* assim, ele sabia que todos esses pensamentos maléficos se deviam somente ao fato de ter dormido pela tarde, e que não se repetiam quando acordava pela manhã, ou se não dormia embriagado, e que talvez a química ou a psicologia tivessem uma explicação razoável para tanta tristeza repentina, o que não lhe convinha explicar. Ainda assim, como a paixão, o medo, a dor, que continuavam a latejar mesmo que a razão os conduzisse a outro planeta, sua autoconsciência não o autorizava a deixar de sentir sua melancolia vespertina, ainda mais após se lembrar de sua primeira família, que tinha perdido num acidente trágico, lembrança que calhou de vir justamente no dia em que apontaram uma arma para a sua nuca, em que viu um homem engasgando no próprio sangue; subitamente, Epaminondas decidiu: *a vingança é um bom investimento.* Pela primeira vez em sua vida seria responsável por um ato de violência. Conhecia quem podia lhe indicar um homem eficiente para realizá-la.

— Alô. É o Tôni... Tôni Lenhador? Aqui é Epaminondas, um amigo meu me deu seu número. Ele já falou com você?

— Qual o nome de seu amigo?

— Raimundinho. Ele trabalha com limpeza. Já prestou serviço pra mim.

— Prestou serviço, né? Que serviço?

— Já limpou minha loja. Você está rindo de quê?

— Raimundinho limpou a sua loja. Sei. É isso mesmo que ele faz. Limpar lojas. Depois que saiu da cadeia, Raimundinho começou a limpar lojas.

— Pois é. Ele apareceu lá e me contou essa história. Trabalhou uns meses pra mim e depois pediu pra sair. Hoje eu me lembrei dele, exatamente porque ele tinha passado um tempo na cadeia, e achei que podia me ajudar.

— Então diga aí.

— É você mesmo, né? Tôni Lenhador?

— Em carne e osso.

— Então. Escuta, tu tá sabendo do assalto que teve hoje?

— Raimundinho me adiantou alguma coisa. Tu tá envolvido na treta é?

— O quê! Tá doido! Eu sou vítima nessa merda, entendeu? Vítima! E a questão é que se eu não fizer nada vão me botar como caixa eletrônico da bandidagem do Brasil inteiro. Você sabe como é bandido nesse país. Puta que pariu. A polícia...

— Nem me fale.

— Então... Vou precisar de seus serviços.

— Tá, mas... Me explica direito...

— Olha só. Tu sabe o que um árabe espera se alguém descobre que ele tá roubando?

— Árabe?

— Um árabe. Vi no History não tem nem uma semana. Um árabe espera que alguém arranque a mão direita dele.

— Árabe ou japonês?

— Tem um negócio parecido na máfia japonesa sim; eles arrancam o próprio mindinho como punição. Mas estou falando de outra coisa. Eu falo aqui é de justiça, da lei. Escuta. Um ladrão árabe espera ter a mão decepada, é sério. O nome disso é civilização. Aqui, quando muito, veja bem, aqui, *quando dá certo*, nós hospedamos ele por algum tempo num abrigo luxuoso.

— Né bem assim não, rapaz. Né bem assim não.

— O quê?

— Olha, eu não vou discordar de um freguês, mas...

— Em comparação com um cara que espera ter a mão decepada!

— Depende do caso. Mas o que tem a ver o cu com as calças?

— Pois é. Eu quero que você dê um corretivo pra que eles não roubem nunca mais.

— Eles quem?

— Tou pagando para você descobrir. Os responsáveis... Sei lá. Os assaltantes, quem estiver no meio. Os feladaputa que me roubaram. Cada um, sem exceção. Eu quero que você arranque fora as mãos de todo mundo, como os árabes, pra que nunca mais façam uma coisa dessas.

— E depois?

— Depois fica por sua conta.

— Então. Senhor... Como era seu nome mesmo?

— Epaminondas.

— Epaminondas. Meu serviço não é barato. Você tem certeza que...

— Falei do preço com Raimundinho. Ele não te disse nada?

— Se falou com ele, me considere à sua disposição.

— Trato feito.

— Ah, tem uma coisa.

— Pode falar.

— Não dou garantia de prazo, mas de serviço de primeira. Comigo não tem essa de voltar atrás. Acertou comigo, eu vou até o fim, mesmo que você me ligue depois querendo cancelar.

— Beleza.

— Escuta direito. Você tem certeza que não quer resolver isso de outro jeito?

— Pois é... Tôni. Eu não vou deixar uma porra dessas na mão da polícia. Espera um minuto. (...) Então eu dizia... Resolve esse perrengue aí pra mim, que depois a gente acerta.

— Que pensamento besta. Viajar, tocar instrumento... Tatuagem! Eu não vou pautar minha vida a partir de desejos dos outros. Ernestinho sempre soube disso. É um sistema cruel. Propaganda pura. Querem nos empurrar coisas que não precisamos, e até nossos sonhos foram inseridos em nossas mentes enquanto estávamos dormindo com a TV ligada.

Epaminondas sentia dificuldades para tirar todas as suas roupas, pois suas pernas roliças estavam grossas como um pernil de natal. Quando saiu do quarto, ainda sob o efeito do álcool, o joalheiro se assemelhava a um camponês após um dia de labuta. Suas gorduras e pintas se sobressaíam em sua pele alva, como uma foto à distância de um grupo de alpinistas que escalava uma montanha de gelo. Nu, o joalheiro era um daqueles seres fisicamente grotescos que causava curiosidade, e se fosse eternizado numa pintura realista, seu corpo causaria júbilo estético.

Nele batia um coração.

— No final das contas todo mundo quer o celular moderno, o carro mais veloz, a bebida mais sofisticada. Eu não. Eu sou feliz. Não vou julgar minha vida a partir de desejos dos outros. Eu nunca vou sair daqui. Se minhas mulheres tivessem sofrido o acidente em qualquer outra cidade, eu não estaria triste do mesmo jeito?

Epaminondas foi para debaixo do chuveiro, ainda sob o efeito do álcool. As gotas lavavam sua embriaguez, e nem assim ele dava conta do horror que acabara de praticar, pois o fizera em nome de sua família — ainda que ignorasse que, ao mesmo tempo, tinha agido contra o próprio filho ao contratar o mercenário Tôni.

Mergulhado em inocência, lembrou-se dos primeiros meses de Ernestinho. Tudo era simultaneamente eterno e fugaz — Epaminondas desejava que o bebê permanecesse rosado, rechonchudo e dependente, e que, ao mesmo tempo, soubesse de imediato de todas as coisas do mundo. Que nunca crescesse e que se adiantasse nos afazeres da vida. Que ele andasse logo, que falasse, mas que seu sorriso tivesse por motivo sempre uma alegria genuína — bebezinhos não riem de piadas. Ernesto era um investimento que ele ainda podia aproveitar.

— Eu só preciso de um pouco de segurança. O Ernestinho é quem estava certo. Vou deixar a namoradinha dele em paz. O que temos aqui é falha de comunicação. Aqui é meu lugar. É nessa cidade que eu tenho que passar o resto dos meus anos, com todos aqueles que amo.

META-
MOR-
FOSES

And thus the whirligig of time brings in its revenges.
[E assim a roda do tempo traz suas vinganças.]
Noite de Reis, William Shakespeare

Uma gargalhada escorregava ladeira abaixo.

Assim tão tarde, até mesmo o cadáver de Maguila já teria descoberto que o nome daquele fanho impertinente jamais foi, ou sequer se assemelhou a Moacir. No Gol prata estava tocando AC/DC novamente. Qualquer imbecil com mais de dezessete anos sabe que o bom gosto é mais uma questão de adequação à situação do que de opiniões coladas com fita crepe no guarda-roupa de um quarto bagunçado. Não é preciso seguir sempre o mesmo perfil. O fanho era Bob. O que ele mais queria era parar para escutar com calma o álbum que o Metallica fez em parceria com a orquestra de San Francisco, mas mesmo depois de morto aquele rinoceronte ainda o impedia, pois estava lá estirado no banco do passageiro, espaçoso, fedorento, um cadáver não muito diferente de seu corpo em vida.

Estavam no topo de uma ladeira incrível, que demandava pernas fortes para subi-la. Os habitantes daquele penhasco moravam em casas de formato estranho, caixas de sapato modeladas de acordo com os acidentes do solo. A ladeira, no entanto, seguia sem pedras no meio do caminho. Tirou a Colt do porta-luvas e saiu do carro.

Bob observava de longe um pedaço do Dique do Tororó. Os Orixás, junto com aquelas igrejas do Pelourinho, não passavam de desculpas para ganhar dinheiro. Mas ele não podia demorar muito tempo. Levou um pano molhado de gasolina para a entrada do tanque e acendeu, com o freio de mão destravado. Um empurrão com o pé deu conta de mandar o carro para baixo, com seus sanduíches, seu fedor de merda, seu perseguidor, suas joaninhas de pelúcia.

Então Bob gargalhou extasiado. Apesar de o céu mostrar aos poucos uma leve coloração plúmbea, indicando o clima que ele detestava, sentia ser um grande dia. Certamente foi por mero acaso, mas ele não podia ignorar que ao mesmo tempo em que se livrava de seu carrasco desconhecido, conseguia juntar uma fortuna considerável, o bastante para viver bem em qualquer lugar. Por isso gargalhava como um corvo.

Tirou seu cantil do casaco e tomou um bom gole da cana barata, enquanto assistia o carro se descontrolar ladeira abaixo e arregaçar os blocos expostos de um daqueles casebres. Uma fogueira deu sinal de vida. Ele esperou que desse tempo de assar o gordão. As chamas se espalhavam pela casa, e que torrasse aquela montanha inteirinha: ainda estaria rindo. Assistia ao cinematográfico espetáculo, até que uma multidão se aproximou da tragédia como formigas diante de farelos de biscoito.

— Caralho! Não faz nem um mês que eu pintei ela — exclamou um morador da casa.

— Fogo! Fogo! — gritavam outros .

Uma mulher vestida num camisolão vermelho jogou um balde de água azulada sobre a fogueira. Uma criança avançou em direção ao incêndio para pegar uma meia que havia sido despejada indevidamente com a água, mas a mulher a puxou para trás. As pessoas se acumulavam, em fila, derrubando mais água ladeira abaixo que no fogo, que aumentava com a fúria ruidosa dos cães e das pessoas. Em pouco tempo, o desesperado proprietário estava diante de uma multidão que o consolava:

"Fica assim não."

"Se você pintou uma vez, pode pintar outra."

"Pelo menos ninguém se machucou."

— Daqui a pouco cai uma chuvinha!

Mas os meninos ainda anunciavam a novidade, jogando pequenos punhados de água para cima.

— Fogo! Fogo!

Bob gargalhava como o Deus punitivo do Antigo Testamento. Onisciente, achava graça na dúvida da massa desesperada abaixo da linha de seus pés. Não demoraram a encontrar o carro ocupado somente pelo passageiro cravejado de balas. Visto de cima, a situação daria um brilhante painel. Um menino gritou horrorizado, e os adultos não se decidiam entre tentar apagar o fogo crescente, afastar as crianças da cena funesta, salvar o cadáver de Maguila para reconhecimento, tirar o veículo dali. Uma menina somente de calcinha apontou para Bob. A mulher do balde de roupas sujas chamou dois homens e começaram a olhar em sua direção.

— Qual foi, ô desgraça? — gritou um dos homens. — Que porra é essa em seu ombro?

Sangue.

"Foi ele!"

"Pega!"

"Corre!"

"Desgraça!"

"Bora!"

"Filadaputa!"

Bob tinha a vantagem de já estar em cima da ladeira. A multidão se dividiu atrás dele. Parte dela ainda estava indecisa sobre o que fazer. O proprietário da casa ainda lamentou por seu muro pintado de verde e amarelo. Bob fugiu até a rua Almeida Sande, não muito distante dos contêiners de lixo onde guardara os espólios do assalto. Correu como um baio suado, a ponto de estourar o coração. De um lado estava a encosta cheia de casas, do outro uma antiga muralha de pedra pintada de preto, que deixava a passagem bastante discreta, uma vez que ela não podia ser vista de outras ruas.

Em sua cabeça, ressoava o refrão de sua última canção. Quatro notas breves e uma mais longa. Ainda não a gravara, mas ela havia sido bem recebida nos lugares onde havia sido tocada. Não tinha percebido que não era mais possível almejar o sucesso dos roqueiros. Seu devaneio sempre foi mais forte que ele, pois era alimentado por histórias de sucesso. A maior tragédia, para gente de sua estirpe, era o conforto e a acomodação. Quando se pesquisa sobre a vida dos ídolos, parece que todos eles tiveram tempo demais para realizar seus planos, com a completa certeza de que o mundo giraria de acordo com suas pretensões. Até os acidentes parecem que já estavam escritos.

Bob encontrou um Ford Ka vermelho com o vidro abaixado, e o roubou praticamente debaixo do nariz de seu dono, um homem da cor de amendoim torrado. Ele entregava uma sacola à porta de uma senhora. Bob saiu a toda, e mal o percebeu esbravejando e lhe lançando tomates maduros que se rachavam ao chocar com qualquer coisa. Eles não tinham tanto efeito imagético quanto os podres, pois não explodiam ao entrar em contato com matéria mais firme.

Esse veículo era mais fácil de dirigir que o Gol 1.0, e também tinha um sistema de som, mas...

— Merda! — Seu *pendrive* naquele instante se transformava num pedaço de carvão.

Ele se dirigiu à avenida Vasco da Gama. A cidade parecia sitiada, e era praticamente impossível cruzar por terra as barreiras de descargas fumegantes que preenchiam suas principais vias de acesso. Essa regra é o que há de mais democrático na Bahia inteira, pois não distingue classe, gênero, idade, opção sexual, forma, posição, salário, nem quaisquer outras importâncias mensuráveis. Todos estavam enganchados no mesmo lugar, de igual para igual (embora os veículos em si fossem sinal de distinção). Ao menos dessa vez Bob não temia ninguém em seu encalço. Procurou o celular e percebeu que também estava no outro carro.

— Rá pá porra! — gritou, enquanto lascava um soco no painel, causando uma dor excruciante em seu ombro ferido.

Os raios solares atingiam a cidade de ângulos diversos, e as rodas do carro continuam no mesmo local. Entediado, ele apertou um dos botões do painel e encontrou um CD branco com toneladas de canções, nenhuma de seu agrado.

— Desgraça de axé! — disse, jogando o CD pela janela. Em seguida, mudou de estações de rádio até encontrar uma que lhe agradasse.

What have I become
My sweetest friend?
Everyone I know
Goes away in the end.

Bob parou o carro na faixa. A maioria dos pedestres anda sempre pelo lado externo das linhas brancas, pois não é incomum que um carro invada o espaço proibido. Em caso de mão dupla, atravessam pelo meio certinho da faixa, ou numa diagonal oposta às mãos das vias. E, no entanto, esses mesmos pedestres se jogam no meio de um engarrafamento, se isso contribuir para economizar cinco metros de caminhada. Uma vez Bob viu uma pessoa sendo estraçalhada por uma moto bem na sua frente. O joelho saiu voando. É sempre um consolo pensar que ele morreu antes que tivesse tempo de sentir dor, a não ser que se tratasse de um inimigo, um facínora ou um grandíssimo filho da puta. De qualquer forma, apesar de ser uma morte feia, ainda lhe parecia bem melhor que um câncer na próstata, ou uma dor de dente daquelas muito fodidas, que durante semanas torturam um coitado inescrupulosamente, se ele não se cuidar. A rádio tocou em seguida:

But it ain't me, babe
No, no, no, it ain't me
It ain't me you're looking for, babe.

Bob se lembrou de que precisava ver o filme sobre Dylan de que o playboyzinho falava com entusiasmo, mas ele não tinha disposição para procurar. Sofria desse mal de sempre se lembrar de algo fora de casa, e se esquecer logo que o PC iniciava sua barra de tarefas. Desse filme ele não podia se esquecer. Aquele garoto, apesar de idiota, parecia bem informado.

— São Paulo é uma cidade de baianos; construída por baianos, sustentada por baianos, até as melhores músicas sobre ela foram compostas por baianos! — proclamava Ernesto meses antes, numa mesa cheia de gente desconhecida por Bob, num boteco do Rio Vermelho.

Bob não entendia direito os mecanismos que operavam em seu comportamento e, sabe-se lá porque, esperava alguma forma de repreensão caso falasse qualquer coisinha com a pessoa ao lado. Nesse caso, porém, ele aceitava que, acima de tudo, não deveria falar nada, pois a pessoa em questão era a namorada daquele tagarela, Anna Lívia, que se recusava a fumar ou a beber qualquer coisa.

— Estou tomando remédio — disse ela, para evitar duma vez só a insistência dos outros.

Depois se calou até o fim da noite.

Bob observava os discretos movimentos da moça sem compreender o que ela queria com aquele menino. Ela era som e fúria, calor e força, leveza e explosão; sonata de Mozart e solo de Metallica; atordoava saber que era da mesma matéria que compõe também os corpos imperfeitos e monstruosos. E, no entanto, não passava de uma Ferrari na garagem de playboy de merda; puro potencial desperdiçado.

Doía-lhe mais, a Bob, o fato de ter se sentado tão próximo, pois não havia discrição que lhe permitisse admirá-la sem ser notado, e ao mesmo tempo ela estava lá, a um abraço de distância, enquanto ele evitava o contato ocular. Ernesto e Moraes (esse sim um garoto gente fina, que conhecia desde os tempos de Feira de Santana), disputavam o apoio do pessoal em sua volta como se eles dois estivessem numa partida de tênis de mesa. Eram os únicos a falar.

— E que músicas são essas, pra você afirmar com tanta certeza?

— "Sampa", de Caetano, e "São São Paulo", de Tom Zé, é claro.

— Só duas?

— Me diga só uma melhor, sabidão!

— E pra que eu vou querer conhecer merda de música sobre São Paulo? Eu sou é do sertão! — afirmou, e batucou um forró pé-de-serra com uma mão na mesa e uma chave em seu copo de cerveja.

— Sertanejo *fake*, que na vida inteira só passou sede de ressaca.

— Eu já vi coisa que tu nem imagina, rapazinho. — E começou a batucar com um olhar desafiador. — Além do mais, tanto Caetano como Tom Zé são baianos do interior, junto com João Gilberto, Gil...

Bob, que não aguentava mais aquela conversa mole, a interrompeu bruscamente, chamando a atenção da turma de ouvintes passivos.

— Pois eu acho que a pessoa tem que ouvir de tudo, de todo canto, e de todo jeito!

Era uma pessoa distinta, e apesar de não haver dito nada de extraordinário (nada podia ser mais correto, democrático e banal), passou a ser visto com olhos diferentes por mais de um dos membros daquele grupo. Atribuía todos os seus dissabores à Fortuna, enquanto interpretava suas manobras bem sucedidas como novas conquistas de sua *experiência*. Devido a este atributo desistiu de seguir os passos de seus ídolos do rock, em seu último aniversário, em favor de viver por mais alguns anos. O tempo escoava como o suor de seus poros, enquanto ele gastava a vida esperando em filas e engarrafamentos.

Dentro do Ford Ka, suas têmporas cozinhavam, pois o ar condicionado não funcionava. Ele andava com os vidros abaixados. No engarrafamento da avenida Vasco da Gama, a chuva começava a cair de modo muito mais devastador que no Centro ou na Barra. As primeiras gotas lavaram seu braço enlameado de sangue, trazendo uma sensação gostosa. Ao mesmo tempo, disputava com carros vizinhos os malditos cinco metros que surgiam ao seu lado como um buraco provocado por uma bala perdida. A água descia com mais corpo e velocidade. Após dois minutos, elas passaram a incomodar. A prudência o ordenou a não ceder à tentação de segurar a buzina em homenagem a todos os filhos da puta que o prendiam naquele inferno. Uma imagem como aquela jamais aparecia nos cartões postais da cidade.

Um artista não passa por isso, pensou, mas a ventura alheia sempre é exagerada. Os roqueiros estão sempre rodeados de pessoas. Pessoas diante de suas janelas, pessoas sobre seu capô, pessoas sobre sua descarga, pneus, para-brisas, pessoas *dentro* do carro, com as mãos esticadas, sedentos por tocá-los, como prisioneiros que dão boas-vindas a um novo criminoso. A fama não era para Bob. Necessitava somente da boa vida. A morte aos vinte e sete, portanto, era uma tragédia necessária a quem quer fazer história, sacrifício que sua experiência o obrigava a dispensar.

A simple twist of fate.

Famoso ou não, qualquer humano está suscetível aos desgostosos apertos causados pelas necessidades fisiológicas. Era como se sua bexiga estivesse recebendo o líquido de uma torneira de alumínio. Não havia porque se apegar a veículo algum. Bob abandonou o Ford Ka sem pensar muito. Estava perto de casa, mas não daria tempo. Colocou o pau pra fora e mijou de frente para uma multidão que se acotovelava debaixo de um toldo. Um novo tipo de liberdade. Não havia diferença em encharcar suas calças de ureia, debaixo de um toró como aquele. Era um dia de fúria mesmo, desde o começo.

Ninguém nunca deveria batizar seus filhos com sobrenomes de celebridades históricas, (ou quem sabe outrora famosos, ou ainda com qualquer outro nome imediatamente relacionado a uma pessoa específica) como se fossem nomes próprios inéditos e originais, pois isso lhes confunde a personalidade. A homenagem pesa na fluidez de suas carreiras. Imagine um soberbo compositor chamado Melville, coitado; estaria sempre sob a sombra do autor de *Moby Dick*, mesmo que o detestasse, e ouviria comentários a respeito por toda a sua vida, em qualquer parte do mundo. Ainda que fosse um nome falso, ainda que fosse mais grandioso que o Melville original, passaria pelas mesmas provações, apenas porque o outro veio primeiro. A grandeza de seu nome o condenaria a ser um homem frustrado, mesmo que ele lutasse contra sua pena, pois também se reconhecia como um grande homem.

Robespierre sofria com isso apenas em parte, pois não eram todos que conheciam o nome do incorruptível revolucionário francês, o que por outro lado o obrigava a soletrar seu nome com frequência (e mesmo assim nada adiantava). O apelido Bob vinha a calhar, pois ao menos nas conversas informais, estava livre do questionário repetitivo que o aborrecia. Nem por isso deixava de pensar numa palavra obscena todas as vezes que lia o seu nome numa impressão oficial, *ROBESPIERRE DE ALMEIDA ARAÚJO* — mais conhecido como Bob, e por algum tempo como Moacir, aquela manhã. Bob leu seu nome verdadeiro numa correspondência bancária antes de entrar em seu apartamento, encharcando um punhado de contas atrasadas.

O palavrão cortava uma linha de pensamento interessante, que ele seguia enquanto subia as escadas. Tentava lembrar onde ouvira uma história que de alguma maneira tinha a ver com ele. Um homem sai da cadeia e imediatamente se envolve num grande golpe contra uma casa de jogos. Sua função seria jogar algumas partidas de *poker* (ou talvez *blackjack*, ou quem sabe ainda brincar com as roletas), enquanto outros membros do bando executavam o roubo em si. Uma tarefa breve e pontual. Inexplicavelmente, o golpista começa a ganhar e não para mais, juntando uma fortuna cada vez maior. Seu vício não permite que ele saia do cassino. Enquanto isso sua turma é desmascarada, e... *Nominho bosta, Robespierre!*

Seu apartamento não era diferente da moradia de um adolescente. Da porta de entrada era possível ver a sala e a cozinha, separados por um balcão americano. Seus únicos eletrodomésticos eram um aparelho de som seminovo, um frigobar enferrujado e uma sanduicheira com o esmalte raspado. Os restos de seu antigo computador ficavam empilhados lado a lado no centro da sala. O monitor e o CPU serviam de apoio a xícaras de café e garrafas *long neck* vazias. O azulejo branco não abrigava objetos diferentes. Nas paredes estavam colados cartazes de *shows* locais, cifras escritas à mão em folhas de caderno, e fotos de inspiradoras musas da TV recentemente esquecidas. Apesar de existir uma janela, praticamente não entrava vento, e a combinação do mormaço com a cerveja derramada e as bitucas de seus incessantes cigarros transformavam o apartamento num lugar opressor.

Bob possuía um inusitado alarme de carne, ossos e penas. Seu papagaio matraqueava como um vendedor de quinquilharias, voando para lá e para cá. *Tôin Jerry está maluco,* pensou, temeroso. *Tem gente aqui.* O pássaro estava treinado a fazer barulho caso outra pessoa entrasse. Bob puxou a Browning e tirou os sapatos lentamente, com os próprios pés. *Não faz sentido,* postulou, enquanto tentava passar em silêncio pela metrópole de garrafas vazias. *Não tem nem como ninguém ter chegado aqui antes de mim.* A meia abafava qualquer ruído de sua leve caminhada. Ele se abaixou em posição de ataque, encostado na divisória que separava sua sala/cozinha do quarto/banheiro. O papagaio continuava fazendo barulho. Na verdade, ninguém podia sequer ligá-lo ao golpe, até que se dessem conta de que as joias tinham sido trocadas por bijuteria vagabunda, o que não estava previsto para tão cedo. Logo, era impossível que já estivessem esperando por ele, deduzia, *a não ser que Stéphanie tenha dado com a língua nos dentes.*

A porta do quarto se abriu. Bob respirou fundo e avançou apertando o gatilho várias vezes. Ao mesmo tempo, Tôin Jerry subiu em seu ombro, cutucando sua ferida aberta, e em vez do alvo, a única bala que havia na arma abriu um buraco na divisória, e em seguida na parede dentro do quarto. O barulho se sobrepôs aos outros cliques vazios. A garota emudeceu. Ao levar as mãos à barriga, deixou cair no chão seu iogurte de coco, que tomava sem colher. Tôin Jerry se aquietou com o estrondo e foi descansar em sua gaiola, que sempre ficava aberta. Bob ainda apontou a pistola para Stéphanie sem saber o que dizer. Por um instante ela se sentiu envergonhada por andar seminua pelo apartamento, e os braços se mexiam contra a sua vontade na direção de seus seios, até que ela se deu conta de que não precisava escondê-los.

— Por quê? — Sua voz estava fraca. Ela procurava um lençol para cobrir seu corpo fabuloso.

— Puta que pariu! — Bob tirou o cartucho da arma vazia. — Quer me matar do coração?

— Eu que quero te matar? — disse Stéphanie. — Você... — Apontou para a arma. — Por que você desligou o celular?

— Vi Tôin Jerry doido. Achei que já era alguém atrás de mim — respondeu. — Que já tivessem descoberto. Tinha esquecido de recarregar a pistola, mas a Colt não. Já pensou se fosse mesmo?

Bob suspirou profundamente. Sentou-se no colchão próximo à mesa improvisada e ligou o aparelho de som com um controle remoto. Dentro havia uma coletânea de heavy metal montada por ele mesmo, gravada num CD, pausada no meio de uma música.

We've got the power, we are divine
We have the guts to follow the sign.

Bob tirou a jaqueta e abriu a janela. Stéphanie percebeu seu ferimento.

— Oh, meu Deus! A gente precisa cuidar disso.

— Primeiro vê se me traz uma cerveja. Trocou os sacos?

— Tem algodão em algum lugar. — Stéphanie saiu de cena e voltou com uma frasqueira e a cerveja de Bob, já aberta. — Deixa eu limpar aqui. Acho que vai ter que costurar depois, com um médico de verdade.

— Não muda de assunto. — No que se referia às maneiras e procedimentos de demonstrar virilidade, Bob era completamente inapto. Além de confundi-la com brutalidade, a falta de naturalidade de seus esforços poderia ser percebida à distância. — Eu vi você indo pra lá! Trocou ou não?

— Sim, sim, troquei. Me viu onde? Ah, sabia que a notícia já está na internet? — Ela cortou pedaços de curativos e gaze com uma tesourinha de unha e separou um frasco de água oxigenada, para usar com algodão.

— Trocou?

— Troquei, pô! Não disse? Agora fica quieto.

LED
TO HELL
Marsh

Tôin Jerry se coçava com o bico. Era treinado para pousar em seu ombro, como nas histórias de pirata, e morava com Bob desde que ele se entedia por gente. Bob lhe ofereceu um gole da cerveja, que ele recusou.

— Essa merda tá choca. Gosto ruim da porra. De hoje em diante só bebo uísque do bom — afirmou, sem largar a garrafinha. — O que você fez com os sacos?

— O que você mandou fazer. Achei melhor guardar no quarto.

Ela começou a limpar a bicheira, e nesse momento pareceu doer mais que antes.

— Puta que pariu, que merda é essa? — Ao ouvir o palavrão, sem sair da gaiola, Tôin Jerry começou a praguejar como um irlandês embriagado. — Traz os sacos lá! — resmungou Bob, com irritação.

— Não quer esperar eu terminar?

— Agora.

Ela obedeceu, e voltou com os sacos e outra cerveja.

— Nem consegui abrir pra ver. O diabo do relógio tava lá? — perguntou Stéphanie, finalizando o seu curativo. *Uma obra prima!* Pensou, olhando para o ombro, e dando um beijo na testa dele.

— Que relógio?

— Não era tudo por causa de um relógio antigo? — perguntou Stéphanie, se sentando ao lado do companheiro.

— Tou pouco me fodendo pra merda de relógio. Olha só pra isso, gata! — Bob cortou os lacres de um dos sacos com um canivete. A sala reluziu. Tôin Jerry saiu da gaiola e se aproximou a passos lentos e curtos, silencioso como uma escultura de madeira.

— Mas pela conversa, o principal objeto era...

— Tem gente aqui que não se esquece de nada, hein? — Bob apertou o narizinho de Stéphanie, e colocou um colar em seu pescoço nu. — Eu mandei o gordão pegar, em qualquer caso. — Ela o tirou imediatamente e o guardou de volta a seu lugar. — Deve estar por aí. Vai que os caras me pegam; eu já posso dizer que foi ele quem...

— Ei, quem é esse gordão? — interrompeu Stéphanie.

— O baitola que foi comigo. Ficou falando merda comigo quando você passou na Praça da Piedade. Raiva da porra, e eu lá me segurando.

O papagaio tentou roubar uma pulseira e Bob a tomou de suas garras com um tranco.

—Vocês pararam lá numa lanchonete dos Barris? — Stéphanie começou a rir como louca antes mesmo de Bob responder. — *Aquele* é o baitola do assalto?

— E tu não sabe do pior: depois eu descobri que era ele quem tava me procurando, por causa do negócio das apostas.

— E aí?

Bob assoprou lugubremente seu indicador e dedo médios, juntos. Stéphanie ficou em silêncio. Tôin Jerry subiu no CPU e bicou o fundo de uma xícara de café.

—Esses caras são tudo filadaputa. Sabe essa onda de roubar os cabelos das mulheres no meio da rua?

Stéphanie se assustou.

— Pois é — disse ele, com orgulho pelo seu feito. — Coisa de gente sacana mesmo. Ainda tem cerveja?

Stéphanie se levantou para conferir, em silêncio. Bob acendeu um cigarro e usou uma garrafa quebrada como cinzeiro. A moça voltou com a cerveja aberta e lhe entregou sem dizer uma palavra.

They say this is the city
The city of angels
All I see is dead wings

— Já pensou se os cabas descobrem? Culpa do gordão — Bob deu uma risada desconfortável. Stéphanie permaneceu calada. — Por que você não abre a boca?

— Já deu na internet. Tem muita gente comentando.

— Sério? Foda... Sete anos que eu tenho uma banda, ensaiando, tocando, compondo gravando, trabalhando duro, e basta apontar uma arma pra porra de um burguês que todo mundo fala de obra minha... Comprou comida?

— Não tá na hora. — Stéphanie terminou de guardar o kit de primeiros socorros na frasqueira. O papagaio subiu no outro ombro de Bob. Um celular tocou do quarto. — Uf! Caralho! — disse ela. — Ernesto tá me ligando que nem um doido desde cedo.

Bob e Ernesto já tinham trocado uma ou duas palavras, mas a primeira vez que conversaram de verdade foi um dia depois daquele debate com Moraes sobre São Paulo. A moça divina também estava com eles, e permanecia calada. Bob não sabia direito, mas pensava que a única razão para Ernesto ter feito o convite foi seu comentário naquela mesa de bar. Um dia depois, se encontraram no café do cine Glauber Rocha para uma conversa e uma cerveja de leve.

— Concordo, Bob. Aquilo que Moraes falou não tem lógica. Pense aí: por mais que o Brasil seja um país grande e diversificado, o resto do mundo é muito maior, tem muito mais diferenças. Imagina se a gente só fosse consumir o que é produzido aqui? Não nego as coisas boas que temos, mas e as de outros lugares? Precisamos olhar para o que não estamos acostumados. Agora imagina isso em relação à Bahia.

— Oxe, tu não tava defendendo a Bahia ontem?

— Continuo defendendo. Mas o que eu tou dizendo é que o certo é procurar o melhor de cada lugar, em vez de ficar num canto só, com tudo de bom e de ruim. Tá ligado? Você não vai me dizer que na Bahia só tem música boa.

— Sim, mas e como é que a pessoa de fora vai saber procurar?

— Ah, ela vai aprendendo, do mesmo jeito que a gente. O mal é que quase ninguém tem nem interesse. Esse provincianismo é tipo a arrogância daqueles americanos que acham que não existe mais nada de bom fora de lá. Trocam muita coisa boa por porcaria, por isso.. Isso não é diferente do que Moraes tava defendendo, e olha que o sertão é muito menor e menos diversificado que um país inteiro, ainda mais um como os Estados Unidos, em que vai gente do mundo inteiro. E um cara desses ainda tem a safadeza de me dizer que é só para tirar onda que eu assisto aos filmes da *nouvelle vague* tcheca.

— Filmes de quê?

— *Nouvelle Vague* tcheca. Menzel, Jasny, Forman...

— Ah.

— Forman! Todo mundo viu os filmes americanos de Milos Forman! Agora me diga: que lógica tem você desejar que o mundo inteiro conheça os filmes de Glauber Rocha, por exemplo, ou de qualquer outro sertanejo, baiano, brasileiro, se você não tem nem interesse em conhecer nada de fora, a não ser que venha dos Estados Unidos? Pode não ser pra nós, mas para o mundo a Bahia é mais exótica que o Leste Europeu. Temos que mostrar nossos filmes, mas... Assim, você sabe que eu sou cineasta, né?

— Sim. Eu ia até perguntar. Você me chamou aqui por causa de minha banda foi?

— Não. Na verdade é outra coisa. Não sei se você sabe, mas eu tenho um trampo por fora junto com Moraes.

— Sim.

— Eu não tou falando de cinema.

— Ei!

— Ah, relaxe que ela é de confiança. Não é, meu amor? Pode ficar tranquilo. Deixa eu dizer logo. Moraes andou me dizendo que você anda meio quebrado...

— Eu vou pagar! Vocês não precisam disso...

— Escuta, rapaz! Eu não tou aqui pra cobrar nada. Esquece a dívida. A coisa tá feia pra todo mundo. Eu te chamei aqui pra te fazer uma proposta.

— Uma proposta?

— Moraes me falou umas coisas sobre você. Disse que você dirige bem, que sabe segurar um berro, que já quebrou o galho de muita gente. E aí que apareceu uma oportunidade de negócio... Você sabe como é. Eu não tenho o traquejo, o povo me conhece por aqui. Você sabia que eu nunca...

— Nunca o quê?

— Nunca usei uma arma?

— Hum... Me explica melhor o que você quer.

Ernesto se mostrou relativamente informado sobre o outro Bob, e finalmente falou sobre as condições, o local, os horários, o encontro com o funcionário de Crocodilo, as luvas, as máscaras que ele já tinha adquirido ("as de *Pânico*, de Wes Craven, são baseadas em 'O Grito', a pintura de Munch, tá ligado? É o óbvio ululante, e mesmo assim não sei por que ninguém percebe, já que até o título original é o mesmo, *Scream*"), o cronômetro antigo, e o ordenou a não falar nada com ninguém, nem mesmo com Moraes.

Omitiu somente sobre os detalhes mais específicos a respeito de suas relações de parentesco com o inocente joalheiro.

Ao contrário do que diz a proposição de Euclides, duas retas paralelas podem se encontrar, quando se analisa a questão do ponto de vista adequado. Basta, para isso, se situar entre elas, com os olhos focados no horizonte plano e infinitamente distante. Em algum momento à vista se embaça, assim como as mais inquestionáveis verdades científicas são desmistificadas sempre à noite, no mundo das fantasias.

Bob não olhou mais que vinte segundos para ela, e a visão era uma máquina de pensamentos nocivos. Não era de hoje que pensava ser a lógica feminina tão perfeita quanto a falta de lógica feminina, se a ocasião era propícia a elas, mas nem em seus melhores sonhos esperava aquela ligação.

— Quem? — Bob abaixou o volume do som. Ele dirigia em alta velocidade pela avenida Centenário, rumo ao ensaio de sua banda. Preferia dirigir um Gol 1.0 no percurso vazio que ficar com uma Mercedes presa entre um mundaréu de carros. Além de que, era um noctívago, assim como o exército de zumbis que assombra as noites soteropolitanas. Somente em casos extraordinários aceitava um trabalho matinal, como aquele oferecido por Ernesto. Mas não entendia o motivo daquela ligação.

— A menina que estava lá hoje, quando você estava conversando com Ernesto.

Bob voltou pelo primeiro retorno que apareceu.

— Alô? Você ainda tá aí? — disse ela. — Ai!

— O que foi?

— A-rá! Então está aí!

Ele reduziu a velocidade.

— O que aconteceu?

— Toda vez que eu corto as unhas do pé os pedacinhos voam direto pro meu olho. Acho que meu olho é muito denso, e exerce uma força de gravidade especial, só para unhas e poeira. Você acredita que todos os dias eu tenho que usar colírio?

— Eu não acredito.

— É sério. Estou com o olho vermelho agora.

Um motoqueiro o cortou pela direita, tremendo para um lado e para o outro.

— Não. Eu digo... É sério que você mesma corta as unhas de seu pé?

Ela riu bastante.

— É verdade. Qual o problema? — Bob procurou um lugar para desligar o carro sem ser incomodado. A voz desconhecida desapareceu por alguns segundos, deixando-o desconfortável. Ele não tinha nada para dizer. — Sim. Agora falando sério — disse ela, em outro tom. — Se liga: você vai deixar Ernesto te passar pra trás?

— O quê?

— Tu acredita que ele vai te pagar sua parte?

Bob estacionou num posto de gasolina e ficou em estado de alerta.

— Como assim? Não tem dinheiro vivo na jogada?

— Não é isso. — A voz saiu como um trecho de ópera. — Vai rolar grana de verdade. O que não tem é a parte de vocês. Ernesto quer fugir para São Paulo.

— Porra! Isso não tem lógica! Ele não estava falando mal de São Paulo ainda ontem?

Sem demora, um sujeito descamisado, coberto por camadas de sujeira, se aproximou do Gol com a mão esticada, e deu dois cascudinhos no vidro do carro. Bob o ignorou.

— Ele tá é doido pra ir pra lá. Mas fala qualquer coisa pra ganhar uma discussão de bar.

— Hum. Acho que já ouvi Moraes falar algo assim mesmo. — O bandido abriu a porta do carro e a luz interna se acendeu automaticamente. — Espera um pouco — disse Bob, soltando uma pesada no peito do rapaz. — Colé de merma, desgraça? Não viu que eu tou ocupado? — Cuidadosamente, ele colocou o celular no porta-luvas do carro. Isso deu tempo para que o ladrão puxasse uma faca de cozinha.

— Bora, desgraça feia. Cala essa sua boca de viado e me passa a merda do celular, o dinheiro, passa a porra toda! — disse o rapaz, com ira tateante. — Se vacilar, eu te mato e ainda como seu cu. Eu quero ver neguinho se foder.

Bob mostrou o revólver para ele.

— Escuta aqui, seu bosta. Pra *eu* não te matar você vai me dar essa faca agora e vai levar porrada bem quietinho. Tá entendendo? Pianinho.

Vou meter o cacete em você. Você não pode sair enchendo o saco dos outros assim sem mais nem menos. Tomar no cu! Se tentar fugir...

O bandido jogou a faca em cima dele e começou a correr. Seu tiro acertou uma poça e ricocheteou no pé do rapaz. Uma pequena chama cresceu sobre ele. Bob voltou para o carro e saiu com velocidade. *Vai que essa porra explode.* Ligou para o número gravado, a cobrar. Ela retornou a ligação.

— O que aconteceu?

— Você demorou demais — disse ela.

— Apareceu um otário aqui pedindo dinheiro.

— Você deu?

— Porra nenhuma. Mas deixa isso pra lá. — Ele parou no sinal vermelho, em direção à sua casa, apesar de o horário permitir avançar. — Eu tenho duas perguntas. Um: quem é você? Dois: porque você tá me dizendo tudo isso?

— Dois: eu não gosto de homem sem palavra.

— Mentira. Mulher nenhuma gosta disso, mas não é razão para deixar de ganhar uma grana preta.

O sinal abriu, mas Bob deixou o carro parado.

— Ah, tá bom. Dois: não sei de onde ele tirou que eu sou de São Paulo. Só sei que ele quer me levar pra lá. Mas eu detesto São Paulo. Não que eu goste tanto assim de Salvador, mas... Puta que o pariu, São Paulo não dá. Tipo, já morei lá e acho que é por isso que ele pensa que sou paulista. Frio demais pra mim. E já deu, Ernesto é muito egoísta. Anda muito chato de uns meses pra cá, exigindo umas coisas... Deixa quieto. Mas então... Quero que você pense em alguma coisa pra não deixar ele se dar bem nessa. E aí? Você topa?

— Você não respondeu à primeira pergunta.

— Era o quê?

— Quem é você?

— Um: sou Stéphanie, a partir de agora ex-namorada de Ernesto.

Bob acelerou sem tirar o pé da embreagem.

— Não era Anna?

— Hum… Prestou atenção, hein? Ernesto *acha* que me chamo Anna Lívia. Mas meu nome mesmo é Stéphanie.

— Você está onde?

— Agora?

— É.

— Rio Vermelho. Em casa.

Bob deu uma arrancada naquela direção.

Bob estava sempre atrás daquela sensação inexplicável que fazia seu suor morno e amargo escapar indiscretamente de sua pele sem que ele se importasse e as veias de seus olhos vermelhos latejarem por debaixo de seus óculos escuros, como se tentassem puxá-los de volta para a cara; mistura de ansiedade, terror e adrenalina, era a sensação que o atacava segundos antes de conhecer uma derrota ou uma vitória e que fazia valer a pena apostar mais uma vez.

— Uf! Caralho! — disse ela. — Ernesto tá me ligando que nem um doido desde cedo.

Bob não ficou satisfeito.

— Como é? — indagou. Stéphanie se levantou e desapareceu atrás da divisória. — Venha cá! Agora! Me responda!

Todos os homens são ruins, mas uns são piores que os outros; a maldade, assim como o dinheiro e as ideias, só tem valor quando é passada adiante. Bob detestava o contato entre sua mulher e qualquer ser do sexo masculino.

— Ernesto me ligou o dia inteiro — Stéphanie gritou de lá mesmo. — Foi isso o que você perguntou, não foi?

— Não seja cínica! Venha aqui, Stéphanie. — O fel latejava em seus órgãos internos, como se ele tivesse comido ostras estragadas. Bob acendeu mais um cigarro e se levantou tropegamente, apoiando-se na parede. — O que você acha que está fazendo?

— Estou escutando! Pode falar — gritou a voz escondida atrás da divisória.

— Tudo bem, sei que foi eu mesmo quem te mandou fingir que ainda estava com ele, mas nunca gostei disso. Agora esse plano já acabou. Acabou, tá me ouvindo? — esbravejou, se esforçando para dar um passo à frente. — Está me ouvindo, Stéphanie? Você está proibida de falar com ele!

Há numa vida humana cem mil vidas, e Stéphanie saiu do quarto transfigurada em Anna Lívia, com um short *jeans* por cima de uma meia-calça preta, sapatilhas, camisa do Nirvana rasgada sem mangas, tatuagem à mostra, barriga começando a ficar saliente. Ao menos numa coisa não mentira para Ernesto: em seu ventre levava o herdeiro dos genes do joalheiro. Mas aquele moleque não poderia decidir nada por ela, ainda mais sem sequer consultá-la. Ela não faria um aborto, tampouco voltaria a morar em São Paulo.

— Ei, para onde você está indo? — A voz de Bob não alcançava tanta potência. — Eu te proíbo de sair daqui. Não foi você mesmo que me falou que era a "ex-namorada de Ernesto"?

— Agora também sou a "ex-namorada de Robespierre".

A sobrancelha de Bob começou a tremer com nervosismo.

— Não me chama assim!

— Se cuida, querido.

Bob sentiu seus lábios inflados como balões, por isso não disse nada. Em sua mente girava a toda velocidade uma série de pensamentos. Luzes que corriam ao redor da parede. Tentou atacá-la, mas sentiu seus braços pesados, iguais a pedaços de ferro maciço. As pernas se moviam incongruentemente, como se andasse numa cama elástica, e por fim seus olhos não aguentaram mais, e ele desabou sobre o CPU cheio de garrafas.

Anna Lívia fez a mesma careta dengosa usual a quem dá um doce proibido a uma criança adoentada. Revistou o corpo adormecido. Pegou o cantil de alumínio com algumas gotas de cachaça. Em seguida tirou a Colt de sua jaqueta e apontou para a testa dele. Já estava achando que aquele filho da puta era imune ao Rivotril, pensou, mostrando-lhe o dedo fálico do meio da mão. Ela quase levara um tiro. Escroto do caralho. Então Anna Lívia desistiu da ideia. Não valia a pena. Limpou a arma com uma flanela e a devolveu à jaqueta. Empurrou Bob, pegou uma das xícaras vazias e encheu com o resto da cachaça do cantil e da cerveja batizada, que estava no chão.

— Louro, louro! Tôin Jerry! Aqui, louro.

Então foi ao quarto e pegou o objeto que Bob mais estimava, uma guitarra Les Paul vermelha com autógrafo de Jimmy Page, conseguido na época em que a lenda morava em Lençois, na Chapada Diamantina. Anna Lívia segurou o braço da guitarra com as duas mãos e a ergueu acima de sua cabeça. Respirou fundo e lascou o corpo dela no chão, utilizando toda a sua força. O choque dos captadores com as cordas emitiu um ruído desafinado que agradou aos seus ouvidos mais do que qualquer solo executado por Bob. Outra pancada forte, e os botões saíram voando junto com lascas da madeira vermelha. Mais uma, e o braço foi mutilado do corpo fraturado do instrumento. O autógrafo agora só ia até um g rasgado ao meio.

Anna Lívia largou os destroços da guitarra no quarto e fez uma ligação no celular.

— Já tá tudo pronto, meu amor. (...) Não, não. A gente tenta vender lá no Rio mesmo, aos poucos. (...) É muita coisa, deve render muito dinheiro. (...) Não sei. Não vi aqui ainda não, mas mesmo assim ia ser difícil vender um relógio. Cronômetro. (...) Ele gostava muito, parece. É antigo. Tanto faz; é tudo a mesma coisa. Não vi ainda não, mas deve estar na sacola. Acho melhor ficar por lá uns tempos, tentar vender o que der, e depois a gente desce pra Buenos Aires. (...) Sim, antes de subir pra Califórnia. (...) Júlio, meu amor, vai por mim. Vale a pena. O custo de vida lá é menor, e tem de tudo. (...) Pesos. (...) Ah, aí a gente vê lá. Loja de penhores, loja de antiguidades, quem sabe colecionadores. Isso é o de menos. (...) E quem é que ia saber da gente lá. Me diga. Quem? (...) Fica tranquilo. Você já está vindo? (...) Beijinho. Eu também te amo.

Lá fora a chuva estava tão fina que se deixava levar pelo vento fraco. Anna Lívia fez uma postagem suicida do perfil de Bob, esperando que o salvassem e o condenassem. Para evitar suspeitas, deixou o laptop se afogar no esgoto daquela rua. Em seguida esperou por um momento, observando o filete de água malcheirosa que escorria pela sarjeta.

Júlio era um halterofilista careca, com poucos pelos e muitas tatuagens, cujos precedentes não interessam à história do assalto. Chegou num Fiat Strada e fugiram sem carregar muita coisa além dos sacos lacrados. Uma mochila, uma bolsa e uma mala.

Moraes mandava mensagens sobre a manifestação. Ernesto continuava a ligar. Ela jogou o celular pela janela.

Júlio verificou se as coisas estavam em um lugar seguro.

— Sabe, eu gosto mais do frio do que do calor — comentou ele.

— Por quê?

— Pense comigo: se você está com muito frio, basta usar roupas grossas e se enrolar, quem sabe tomar uma sopa, que ele passa.

— Hum.

— Mas se você está com calor, você pode ficar pelado, tomando uma cerveja geladíssima, que ainda está molhado de suor que nem esse vidro aqui na chuva — afirmou, esticando a palma de sua mão.

— É, faz sentido... Mas ainda gosto de um calorzinho.

Bateram a porta do carro.

— Que seja — disse ele, ligando o veículo. — Enfim, rumo ao Rio de Janeiro.

— Ao Rio!

Fugiram abraçados, como os casais perfeitos das aventuras de sessões vespertinas, que sempre escapam da tragédia em farrapos, porém intactos. Viajaram até o fim da noite, ignorando os acidentes da cidade maldita, pensando em como o sol há de brilhar mais uma vez.

AGRA-DECI-MENTO DE SANGUE E SOL

Passaram-se onze anos entre a primeira ideia rascunhada numa mesa de bar e a publicação deste romance. Ele foi escrito durante minhas idas e vindas entre Irecê, Salvador e São Paulo. Naturalmente, em tão longo intervalo, o livro passou por diversas mudanças. Mudanças de estilos, ideias, posturas, contextos, e principalmente em relação ao círculo de pessoas que conviveram com ele, ainda que muitas vezes sem ter a mínima noção de sua existência. Estes agradecimentos são a pessoas de quem roubei gestos, descrições, ações, diálogos, opiniões, conselhos, referências. Agradeço especialmente a Vinícius Queiroz, Micaela Libório e meu compadre Rodolfo Carneiro, que estavam na mesa de bar do início de tudo.
Ao compadre Igor de Albuquerque,

aos amigos José Francisco Botelho, João Filho, Pedro Dourado, João Paulo Gabriel, Wesley Cordeiro, Talmo Rodrigues, Luan Cardoso, Roberto Lordelo, Diego Carvalho, Kíssila Machado, Tomás Mascarenhas, Juarez Farias, Jansey Tura, Daniel Guerra, Salésio Dourado, Laio Rodrigues, Érica Vilela e Elaine Vilela, e ainda aos primos dourados, Juliano, Jardel, Pablo, Marcelo, Bruno, Priscila, Tarcila e Laine, por outras mesas de bares. Aos arretados conspiradores Ayelén Medail, Diogo Cardoso, Dirceu Villa e Valentina Cantori, por me convencerem a mudar o título. Aos tios Sizenando e Rogério, pelas aulas de economia. A tia Ivani, pelas aulas de empatia. A Chrys Bathomarco, Geórgia Martins e Joca Terron, por viabilizarem o sonho. A Chico de Assis, Raquel Moritz, Nilsen Silva, Talita Grass, e todo o pessoal da Família DarkSide, pela confiança irrestrita em um estranho que apareceu do nada. Aos primeiros leitores, os heróis Chris Menezes, Bruno Dorigatti e Lielson Zeni. Ao mestre Cesar Bravo, pelo ânimo, pela coragem, pelos comentários cirúrgicos. A Alcimar Frazão, pelas ilustrações magistrais. A Diana Paola, pela melhor companhia possível durante o fechamento do livro. A meus pais, Nailce e José Carlos, pelos privilégios de uma vida inteira. A minha irmã, Cláudia, porque ela é genial. A meus avós, Aristeu e Nair, porque eles são geniais. A meus avós, Antônio e Maria, porque eles são geniais. A meus filhos, Antônio e Maria, porque eles são geniais.

PAULO RAVIERE

nasceu em Irecê-BA, em 1986. Colaborou com o Blog do IMS e as revistas *Pesquisa FAPESP*, *Barril*, *Serrote* e *Piauí*. É editor da DarkSide® Books, pela qual também publicou traduções de obras de Robert Louis Stevenson, Bret Easton Ellis, Donald Ray Pollock, Clive Barker, Joseph Conrad, David L. Carlson e Landis Blair, entre outros. Tem mestrado em tradução pela UFBA e atualmente pesquisa e traduz a obra de Charles Lamb em doutorado na FFLCH-USP. ***Todos se Lavam no Sangue do Sol*** é seu primeiro romance publicado pela DarkSide® Books. Saiba mais em raviere.wordpress.com.

ALCIMAR FRAZÃO

é quadrinista e ilustrador, formado em Artes Visuais pela ECA-USP. É autor dos romances gráficos *Ronda Noturna* (Zarabatana, 2014), *O Diabo e Eu* (Mino, 2016) e *Cadafalso* (Mino, 2018), este último, vencedor do ProAC HQ de 2016. É coautor do álbum *Lovistori* (Brasa, 2021), feito em parceria com Lobo, obra vencedora do ProAC HQ de 2019 e presente nas listas de melhores quadrinhos do ano de 2021. Sua obra já foi publicada no Brasil, Peru, Portugal e Espanha. Saiba mais em zeppelin82.tumblr.com.

"Quem peca é aquele que não faz
o que foi criado para fazer."
— JOÃO UBALDO RIBEIRO —